Bereits erschienen:

* Maldoron (2017)

* Die Gewölbe von Vuswal (2017)

* Maknova Gazette (2019)

Simone Menzenbach

Das

Monster

vom

Quamtrem

-Maldoron Roman-

-Fantasy-

Bibliografische Information der Deutschen Nationalbibliothek: Die Deutsche Nationalbibliothek verzeichnet diese Publikation in der Deutschen Nationalbibliografie, detaillierte bibliografische Daten sind im Internet über http://dnb.dnb.de abrufbar.

©2020 Simone Menzenbach

Herstellung und Verlag

BoD – Books on Demand, Norderstedt

Assistenz: Maria Vollmer

Coverbild: Mario Traud Foto, Bochum

ISBN: 9783750495388

www.maldoron.de

Meinen herzlichen Dank an das Maldoron Team

Patrick Menzenbach
Sara Menzenbach
Sabrina Michalski
Mario Traud
Michael Vogt
Nicole Vogt
Maria Vollmer

&

Rubi

Anmerkung des Autors:

Die Erzählung beinhaltet einige Zeitsprünge. Zur besseren Orientierung, werft bitte immer einen Blick auf die Zeitangaben.

Jahr des Thorweg	Der Hauptplot spielt zwei Jahre vor den Büchern „Maldoron" und „Die Gewölbe von Vuswal".
Jahr der Bergulme	In seinen Erinnerungen versetzt sich Helmkator fünfundzwanzig Jahre in der Zeit zurück.
Jahr der Sonnenwinde	Im Epilog wagen wir einen kleinen Blick in die Zukunft, genau genommen ein ganzes Jahr. Dieser Teil der Geschichte findet ein Jahr vor „Maldoron" und „Die Gewölbe von Vuswal" statt.

Die Monate sind nach den zehn Göttern Maldorons benannt und haben jeweils 40 Tage.

Komalatog	entspricht unserem Januar/Februar
Phanistog	entspricht unserem Juni
Elviannatog	entspricht unserem Juli/August

Und nun… Viel Spaß!

Phase 1:

Die Sonne war bereits vor Stunden mit glühendem Fanal hinter dem Quamtrem untergegangen und der langsam aufsteigenden Mondsichel gewichen. Blasser, bläulicher Schein brach an vereinzelten Stellen durch das dichte Blattwerk des Waldes, zeichnete kleine Lanzen aus Licht zwischen die dicht stehenden Stämme und ließ deren Schatten nur umso tiefer erscheinen. Skar, der Troll hockte zwischen den Stämmen einer Gruppe Zwirbeleichen, um dessen Wurzeln sich dichter Federfarn angesiedelt hatte. Die zwei Meter hohen, weit ausladenden Pflanzen würden ihm eine gute Deckung bieten. Vorsichtig verlagerte er sein Gewicht von einem Fuß auf den anderen und spähte in die Schatten hinein. Ungeduld erfasste ihn.

Rechts von ihm raschelte etwas im Unterholz. Skar erstarrte. Seine grünen Augen wurden schmal. Sein Atem ging flach. Er umfasste seine Keule fester, bereit sofort zuzuschlagen. Ein Zweig knackte. Muskeln spannten sich. Ein Felsbeißer schoß aus dem dichten Laub hervor, direkt auf ihn zu. Das befellte Nagetier bemerkte ihn, schlug einen gewagten Haken und verschwand mit wehenden Ohren in der Nacht. Skar atmete erleichtert aus und ließ die Keule ein Stück sinken. *‚Verdammt, wo bleiben sie nur?'*, dachte er bei sich und verzog den Mund. Da links, eine Bewegung. Sein Kopf fuhr herum.

In einer Senke, nicht weit von ihm entfernt und verdeckt von Stechginsterbüschen, rührte sich etwas. Skar beugte sich leicht nach vorne, um trotz der Dunkelheit eine bessere Sicht auf die Pracht aus dunkelgrünen Blättern und goldgelben Knospen zu bekommen. Es raschelte erneut. Eine Hand schob sich durch das Blattwerk. Ein Daumen wurde empor gestreckt.

Todeskralle war eingetroffen. Skar deutete ein Nicken an und nahm seine Position wieder ein.

‚Sehr gut, aber wo bleibt Spalter?' Schädelspalter…Skar seufzte leise in sich hinein. Welche Extratour würde er sich heute einfallen lassen? Hoffentlich brachte er nicht die gesamte Operation in Gefahr. Erneut kontrollierte er die Schatten der umstehenden Bäume. Hatte er ihn übersehen?
Über Skar ertönte der Balzruf des Gebirgssittichs. Der Troll stutzte und zog die Augenbrauen kraus. Sie hatten Phanistog. Der hummelgroße, scharlachrote Gebirgssittich balzte im Komalatog. Er hob den Kopf und spähte in das Geäst über sich. *‚Verdammt! Das hält er mir bestimmt die nächsten zwei Monate vor.'* Drei Meter über seinem Kopf hockte Spalter, verdeckt vom gewellten Laub der Zwirbeleiche und grinste breit. Seine Zähne strahlten trotz der Dunkelheit zu Skar hinab. *‚Mistkerl!'*

‚Okay. Das macht drei. Bald ist es soweit.' Skar drehte sich und spähte an einem Stamm vorbei nach vorne. Nur wenige Schritte von ihm entfernt endete der Wald und gab den Blick auf eine Lichtung frei. Zwanzig Meter freies Feld, dann waren sie am Ziel. Genau dort, am Fuße des Hammergipfels.
Der Hammergipfel war der dreiundzwanzigste und kleinste Gipfel des Quamtrem Massivs. Er erhob sich weit im Osten aus der Hochebene und wies, außer seiner charakteristischen Form, keinerlei Besonderheiten auf die für die Trollclans von Interesse gewesen wären. Dichte Bewaldung erschwerte den Zugang. Warum also den langen beschwerlichen Weg auf sich nehmen, wenn es dort nichts zu holen gab. Und genau deshalb waren sie hier. Ein besseres Versteck gab es nicht. „Wir finden dich!" Skars Mund verzog sich zu einem siegessicheren Grinsen. „Alles ist bis ins kleinste Detail geplant, du hast keine Chan…"

Hinter ihm brach etwas mit lautem Getöse durch den Wald. Skar wirbelte herum. Knackende Äste. Laute Stimmen.

Aufgescheuchte Vögel und weitere Felsbeißer, die in alle Himmelsrichtungen davon eilten. Was sollte das? Die Stimmen kamen näher. Genauer gesagt: EINE Stimme. Um nicht zu sagen: eine ganz BESTIMMTE Stimme... LISSA!

Ja, da kamen sie. Ihre Nummer 4, leicht vorgebeugt und mit gesenktem Kopf, schlenderte lässig durch den Wald. Dicht gefolgt von einem munter vor sich hinplappernden Trollmädchen. Der Mund bewegte sich pausenlos, ohne Punkt und Komma... LISSA!

Mit einer Weidenrute schlug sie gelegentlich links und rechts des Wegs auf Büsche, Farne und Unterholz. ‚Bestimmt weil es so schön raschelt.', dachte Skar zynisch. Kleine und große Tiere flüchteten vor dem ungewohnten Lärm und trugen die Panik tiefer in den Wald hinein... LISSA!!

„Ich beiße ihr den Kopf ab.", fluchte Skar, erhob sich und trat aus seiner Deckung. Spalter sprang vom Baum hinab und gesellte sich zu ihm. Kralle brauchte einen Moment länger, um sich aus dem Stechginster zu befreien. An einigen Kratzern saugend, kletterte er aus der Senke. Soviel zu diesem Thema. Die Operation war gescheitert!

Skar funkelte das Duett, das sich ihnen durch ein Kaleidoskop aus Schatten und Mondlicht näherte, wütend an. Lissa quiekte laut auf und lief ihm freudestrahlend entgegen. „Hallo Thimor. Mama hat mich gehen lassen. Ist das nicht toll?" Sie breitete ihre Arme aus und versuchte Skar zu umarmen. Das Fell ihres rosa Kuschelwolfs, dessen Kopf aus einem rosa Rucksack ragte, wehte in der lauen Brise. Skar hätte am liebsten laut geschrieen. Mit ausgestrecktem Arm hielt er das Mädchen auf Abstand. Lissa versuchte die große Hand in ihrem Gesicht abzuschütteln oder zumindest an ihr vorbei zu drücken. Doch Skar drehte sich mit. „Wo hast du denn dieses kleine Ungeheuer aufgegabelt?", fragte er Kvin über Lissas Kopf hinweg.

9

Skars Augen funkelten zornig. Spalter hinter ihm begann zu kichern. Kvin zuckte lässig mit den Schultern. „Sie tauchte einfach im Lager auf. Inklusive rosa Kuschelwolf, rosa Kuscheldecke und rosa Herzkissen. Ich habe sie in deinem Zelt untergebracht, Skar." Skar seufzte resigniert und ließ die Schultern hängen, was Lissa beinahe die Möglichkeit gegeben hätte sich von seiner Hand zu befreien und ihn endlich zu umarmen. „Unglücklicherweise wollte sie nicht alleine zurückbleiben, sondern lieber einen Spaziergang mit mir machen." Kvin wackelte mit den Augenbrauen und grinste.

Lissa kämpfte immer noch mit Skars Hand, hatte aber zumindest schon mal den Mund frei bekommen. „Lass mich los Thimor. Sonst sag ich es Mama.", quengelte sie. Skar nahm die Hand fort und sie stolperte vorwärts.

„Zum tausendsten Mal, Lissa. ICH HEISSE SKAR!", schimpfte Skar.

„Was für ein blöder Name. Du heißt Thimor, das weiß doch jeder. Warum soll ich dich anders nennen?" Das Mädchen strich sich das verstrubbelte Haar aus der Stirn. „Was heißt Skar überhaupt?"

„Das ist orkisch und bedeutet Narbe.", erklärte Todeskralle, der eigentlich Allun hieß, geduldig.

„Narbe?", Lissa betrachtete Thimor abschätzig von oben bis unten. Skar schwante Böses und schloss die Augen. „Du hast doch gar keine Narben."

„Nun, dieser Name hat auch eher einen symbolischen Charak…", versuchte Skar abzulenken, doch Lissa fuhr ihm mit der peinlichen Treffsicherheit aller kleinen Schwestern in die Parade. „Oder meinst du den kleinen Schnitt, den du dir letztens beim Knollenschälen zugezogen hast?"

Skar ließ die Augen geschlossen und zählte stumm bis zehn. Die Geschichte, die er seinen Freunden erzählt hatte, war um einiges ruhmreicher und blutrünstiger ausgefallen. Ein unerlaubter nächtlicher Ausflug und eine schlecht gesicherte Bärenfalle hatten dabei eine entscheidende Rolle gespielt. Schädelspalter, alias Orf, lachte schallend. Skar hätte gerne die

Gelegenheit genutzt und sich zu einem Felsbeißer in seinem Bau gesellt. Oh wie peinlich.

„Mama wollte noch nicht einmal eine Salbe drauf machen, so wenig hat es geblutet.", plapperte Lissa weiter.
Skar war ernsthaft versucht ihr wieder den Mund zuzuhalten.
„Ja! Danke Lissa! Gut, dass wir das jetzt geklärt haben." Skar wünschte sich tausend Meilen entfernt. Sein Gesicht brannte vor Scham. Allun klopfte ihm aufmunternd auf die Schulter. Er hatte DREI kleine Schwestern. ER wusste wie sich so was anfühlte!
Skar nickte ihm dankbar zu und blickte auf seine zwölfjährige Schwester hinab. Was zweieinhalb Jahre Altersunterschied doch ausmachten. Er war NIE so kindisch gewesen! „Was machst du hier, Lissa? Wir wollen in Ruhe zelten und kein Kaffeekränzchen mit unseren Puppen veranstalten."
Lissa rümpfte die Nase und überging die Bemerkung. Sie spielte schon seit einem ganzen halben Jahr nicht mehr mit Puppen. „Mama hat gesagt, es ist in Ordnung wenn ich mit euch gehe, solange ihr auf mich aufpasst."
Skar verdrehte die Augen. ‚Auch das noch!' Laut sagte er: „Vergiss es, Lissa! Heute Nacht ist es zu spät, aber morgen früh bringe ich dich zurück." Entschieden drehte er das Mädchen um die eigene Achse. „Ab zum Lager."
„Aber ich will bei euch bleiben!", quengelte die Kleine. „Ihr seid lustig. Bekomme ich auch einen neuen Namen?" Strahlend grüne Augen blickten ehrfürchtig zu Skar hinauf. Ganz die gehorsame, kleine Schwester…

„Nervensäge wäre passend.", flüsterte Spalter in Skars Ohr. Spalter hatte KEINE Schwestern, der Glückspilz. Seine Eltern hatten es definitiv richtig gemacht! Skar hielt inne. Wenn er es genau bedachte, hätte er an ihrer Stelle nach Orf auch keine weiteren Kinder mehr bekommen wollen. Ihm schauderte bei dem Gedanken, das es mehrere von der Sorte geben könnte. Freundschaft hin oder her.

„Ich finde Rose toll.", quiekte Lissa und hüpfte aufgeregt auf und ab. „Bitte, darf ich Rose heißen?"

„Der Name muss Furcht einflößend klingen.", erklärte Kralle geduldig und nahm Lissa an die Hand.

„Dann will ich Dorne heißen. Die Dinger sind spitz und fies. Sie haben mir im letzten Jahr mein bestes Kleid zerrissen."

„Meine Nerven hast du dieses Jahr schon mehrfach zerrissen!", brummte Skar leise, während er hinter Lissa und Kralle hertrottete. Spalter kicherte erneut. *,Vielleicht sollten seine Eltern doch noch ein paar Babys bekommen.'*, dachte Skar gehässig. *,Kann ihm eigentlich nur gut tun. Am Besten Zwillinge... und Mädchen!'* Ein träumerisches Lächeln machte sich auf den Wangen des jungen Trolls breit.

„Und wie heißt du Kvin?", fragte Lissa unterdessen neugierig und nahm den großen Troll an die andere Hand.

„Kvin natürlich!", sagte Kvin und schritt mit ihr an der Hand davon, als sei es das Selbstverständlichste von der Welt.

Lissa blickte fast ergeben zu ihm auf. Für einen vierzehnjährigen Troll war er groß und besaß ein breites Kreuz.

„Ja!", sagte sie leise. „Das ist Furcht einflößend genug."

„Genau!", sagte Kvin, ohne das Gesicht zu verziehen. Lissa schwieg nachdenklich.

,Verdammt, wie macht er das nur?', fragte sich Skar im Stillen, kratzte sich den Schopf und folgte den Dreien in die Tiefen des Waldes hinein.

✝

Als sie endlich ihr Lager erreichten, schlief Lissa tief und fest in Skars Armen. Skar legte sie vorsichtig auf den Fellen ab, die ihnen als Unterlage dienten und breitete eine Decke über sie aus. Den Kuschelwolf fest an sich gedrückt, drehte sich Lissa mit einem Schmatzer auf die andere Seite. Dort stand er nun und beobachtete seine kleine Schwester, ein rosa Knäuel zwischen Fellen und Proviantbündeln. Er seufzte. *,Na ja,* *eigentlich ist sie ja schon süß.'*, dachte er sich und trat hinaus ins Freie.

Kralle hatte bereits das Feuer im Steinkreis entfacht und legte Holz nach. Spalter und Kvin saßen auf den Baumstämmen die sie sich als Sitzgelegenheiten herbeigeschleppt hatten. Ein Wasserbeutel machte die Runde. Als Skar sich zu ihnen setzte trafen ihn zwei erwartungsvolle und ein empörter Blick. „Das war ja wohl ein voller Reinfall! Wie sollen wir unbemerkt die Gegend auskundschaften, wenn uns dieser kleine Kobold zwischen den Beinen herumspringt?", schimpfte Spalter. Er hatte überhaupt keine Geschwister. Der Riesenglückspilz!

„Ich sagte doch, ich bringe sie Morgen heim.", raunzte Skar genervt zurück. *‚Glückpilz hin oder her, das Genöle macht die Situation jetzt auch nicht besser.'* „Ich kann sie ja wohl kaum mitten in der Nacht alleine wegschicken, oder?"
„Zunächst einmal solltest du das hier lesen!" Kvin wedelte mit einem gefalteten Zettel und reichte ihn Skar. Der Junge starrte entsetzt auf das Papier hinab. Schriftliche Anweisungen? Das konnte nichts Gutes bedeuten....

Spalter piekste ihm mit einem Finger empfindlich in die Seite. „Willst du den Brief nun lesen oder weiter nur anstarren?"
„Mach so weiter und Lissa ist nicht die einzige die Morgen heimgeht!", knurrte Kvin von seinem Baumstamm herüber.
‚Das saß!', dachte Skar. ‚Unfair, aber die einzige Art die Spalter versteht. Ich muss dringend mal mit Kvin reden. Er muss mir verraten wie das geht!'
Skar blinzelte, hakte die zahlreichen Möglichkeiten den Brief ungelesen zu vernichten und damit durchzukommen als erfolglos ab und entfaltete den Zettel.

,Thimor', stand dort geschrieben.

,Tante Hekka hat sich beim Fallenstellen ein Bein gebrochen. Sie und Barken brauchen Hilfe im Geschäft und bei den drei Kleinen. Ich gehe für die nächsten Tage zu ihnen. Vater ist noch unterwegs. Kümmere dich solange um Lissa.
Mama

PS: Sei ein guter Junge! Ihr weiß dass ihr alleine zelten wolltet.
PPS: Zankt euch nicht! Ich kann sie nicht mitnehmen.
PPPS: Bussy'

Skar schnaufte, zerknüllte den Zettel und warf ihn ins Feuer. Er schloss die Augen. Das konnte doch unmöglich ihr ernst sein. Ob er verhandeln konnte? Wenn er jetzt sofort zurück ins Dorf rannte? Aber nein, seine Mutter war bestimmt bereits am Nachmittag aufgebrochen und hatte Lissa lediglich hier abgesetzt. Der Weg zu Tante Hekka war weit.
Er seufzte resigniert und richtete sich an die Freunde. „Tut mir leid Jungs, Lissa muss bleiben."

Kralle betrachtete seinen Freund ernst, dann nickte er zustimmend. „Mich stört sie nicht. Wir müssen halt ein wenig improvisieren. Das ist alles!" Auf Kralle war Verlass. Skars Blick richtete sich auf Kvin, doch seine Aufmerksamkeit wurde abgelenkt.
Spalter, der mit einem Zweig im Feuer herumstocherte, fuhr auf. „Das ist doch nicht euer Ernst! Wir wollen ein Verbrechen aufklären und nicht auf Kleinkinder aufpassen." Wütend sprang er auf und trat einen herumliegenden Kiesel fort. Typisch Spalter!
Kvin hob den Kopf und sagte mit ruhiger und bestimmter Stimme: „Wenn Thimor sagt sie bleibt, dann bleibt sie. Setz

dich!". Kvin hatte Skar niemals Skar genannt. Aber Kvin nahm man so was nicht übel. Kvin war... einfach Kvin.

Spalter setzte sich. „Kein Grund mich gleich anzuschreien.", knurrte er kaum hörbar vor sich hin und warf wütend den Zweig in das Feuer.
Kvin zog die Augenbraue hoch, was Spalter nicht entging und wandte sich an Skar. „Was hast du jetzt vor?"
Skar seufzte schwer. „Wir können sie nicht alleine hier lassen. Sie muss mit. Stellt euch vor, sie geht auch noch verloren. Mutter würde mir den Kopf abbeißen." Kralle nickte wissend. „Ich werde also mit Lissa reden. Sie wird es schon verstehen"
Spalter schnaubte verächtlich: „Mann, sie ist zwölf! Was glaubst du denn, was sie von dem kapiert, was du ihr erzählst?"
Kralle ignorierte Spalter und knuffte Skar in die Rippen. „Gute Idee! Wir machen ein Spiel daraus!"

†

Quamtrem, 35. Phanistog im Jahr des Thorweg, 06:23 Uhr

Lissa nickte aufgeregt, als ihr Skar und Kralle am nächsten Morgen von dem spannenden neuen Spiel berichteten. „Aber vergiss nicht, das Spiel gilt so lange bis wir dir sagen das es aus ist. Du darfst uns nicht verraten!", erklärte Skar ernst. Er wurde mit einem unschuldigen Augenaufschlag belohnt.
Skar verdrehte die Augen. Diesen Augenaufschlag kannte er. Übersetzt bedeutete er: „Rede du nur. Ich mache eh was ich will!". Er hätte platzen können. Warum brachen sich die Leute ausgerechnet dann die Beine, wenn niemand auf Lissa aufpassen konnte?

Kralle musterte den Freund und verstand. Er schob Skar bei Seite und knuffte Lissa leicht an den Oberarm. „Du willst doch mitspielen, oder?", fragte er verschwörerisch und die Kleine nickte eifrig. „Nun es kann nur funktionieren, wenn sich ALLE an die Spielregeln halten. Ansonsten ist man ein Spielverderber

15

und darf nicht mehr mitspielen. Das würde für dich bedeuten, dass du im Lager bleibst und so lange Küchendienst schiebst bis deine Mutter dich abholt." Lissa verzog angewidert das Gesicht. „Okay, du hast verstanden wie ich sehe. Wenn dir etwas nicht gefällt oder du Angst hast, komm zu mir oder Skar und flüstere uns ins Ohr. Abgemacht?" Kralle hielt ihr die ausgestreckte Hand hin. Das Mädchen schlug mit großer Ernsthaftigkeit ein.

Skar richtete sich auf und fragte sich zum tausendsten Mal wie Kralle das machte. Er hatte einfach ein Händchen für kleine Mädchen. Vielleicht brauchte man tatsächlich drei kleine Schwestern um solche Kunststücke zu beherrschen. Egal... Er klatschte erleichtert in die Hände. „Gut, das wäre geklärt. Los, lasst uns Frühstücken. Anschließend brechen wir auf." Er verließ das Zelt als Erster und hielt die Plane angehoben, damit die anderen hinter ihm ins Freie treten konnten. Kralle folgte ihm dicht auf, doch die kleine Troll ließ auf sich warten. Skar blickte zurück. „Kommst du, Lissa?"

„Ich heiße Dorne!", sagte die Kleine und stolzierte aus dem Zeltinneren hervor. Kralle und Kvin mussten sich abwenden, um nicht laut loszuprusten. Spalter hingegen beschloss noch eine Weile weiter zu schmollen.
Skar schluckte einen Fluch herunter und ließ die Zeltklappe fallen. Dieses Biest musste ihm gegenüber aber auch immer das letzte Wort haben.

✝

Fünf Trolle schlichen durch den Wald. Als Erster kam Spalter. Er pirschte sich mit einem geflüsterten „Hott, hott", von Wegpunkt zu Wegpunkt, jede Tarnung zu seinem Vorteil nutzend. Er sondierte die Lage, suchte ein sicheres Plätzchen und gab das in allen Multiversen gültige Zeichen, dass alles okay war: den nach oben gestreckten Daumen.

Als nächstes kamen Skar und Kralle geduckt daher. Sobald Spalter die nächste Deckung erreicht und das verabredete Zeichen gegeben hatte, schlichen sie, die Seiten deckend auf ihn zu.

Zu guter Letzt folgten Dorne und Kvin auf dem sondierten Weg, wobei Kvin die Nachhut bildete und alles im Blick behielt. Insbesondere Lissa! Obwohl sie das Spiel mitmachte, wirkte sie die ganze Zeit über, als wollte sie loskichern. Ein Umstand, der massiv an Skars Nerven kratzte, schließlich waren sie in einer ernsten Mission unterwegs. Kvin hingegen vermittelte selbst dann den Eindruck lässig seines Wegs zu schlendern, wenn er geduckt zwischen Gebüschen einher huschte.

Sie übersprangen vom Sturm gefällte Baumstämme, verbargen sich in Bodensenken und versteckten sich im Gesträuch bis eine ahnungslose Igelfamilie den Pfad gekreuzt hatte. So arbeiteten sie sich durch den großen Ostwald bis sie nach annähernd zwei Stunden den hellen Schimmer offenen Geländes wahrnehmen. Sie hatten den Waldrand erreicht. Spalter scheuchte sie alle ins Unterholz. Vor ihnen lag die Lichtung der vorangegangenen Nacht. Nun wurde es spannend! Was würden sie vorfinden?

Spalter scharrte nervös mit den Füßen, während er hinter einem Sonnenbeerstrauch hervorspähte. Kralle und Skar wirkten angespannt, Kvin eher gelangweilt. Dorne schlich sich an Spalter vorbei, um ebenfalls einen Blick auf das große Mysterium werfen zu können. Vorsichtig schob sie einige mit zarten grünen Blättern und Widerhaken besetzte Äste zur Seite und blickte auf die Lichtung hinaus. Sie sah… nichts!

Die kleine Stirn kräuselte sich. Was entging ihr nur? Wiese, Findlinge, noch mehr Wiese, das steinerne Ufer eines schmalen, aber flinken Bergbachs, der Bach selbst, noch mehr Findlinge. Hmm…

Suchte sie an der falschen Stelle? Sie hob den Blick, aber der Himmel war leer. Schönster Sonnenschein und spärliche Schäfchenwolken waren alles was sich da oben anbot. Noch nicht einmal ein Bussard oder ein Blaufalke zog jagend seine Kreise. Fehlanzeige! Lissa schob die Unterlippe vor. Sie wollte nicht nachfragen. Man würde sie nur wieder für ein kleines Kind halten.

Vielleicht hatten es die Jungen gar nicht auf die sonnenüberflutete Wiese abgesehen. Jenseits der Lichtung erhoben sich die markanten Formen des Hammergipfels, zu dessen Füßen und am unteren Teil seiner Flanken setzte sich der Ostwald fort. Tannen, Granitbirken, roter Federfarn, genau das gleiche starre Grünzeug, wie auf dieser Seite der Lichtung. Einige vom Sturm gefällte Stämme, Sonnenbeeren, Moos… Moment!

Wieso hatte der Sturm ausgerechnet an dieser einen Stelle so viele Stämme gefällt? Rechts und links zeigten sich keine Lücken oder andere Sturmschäden. Aber dort, an dieser einen Stelle, ragten die Enden von sechs oder sieben Baumstämmen mehr oder weniger ordentlich aufeinander liegend aus dem Wald heraus. Sie blickte in die Wipfel der Bäume. Kräuselte sich dort vor dem Hintergrund des Hammergipfels ein dünnes Rauchsäulchen in den Himmel? Nun das musste es wohl sein.
„Wer wohnt denn hier, soweit draußen?", fragte Dorne. Im gleichen Moment hätte sie sich auf die Zunge beißen wollen. Was war, wenn sie sich irrte? Wenn sie einer optischen Täuschung erlegen war? Die Jungen würden sie sicher auslachen. Sie lief rot an.

Aber die Jungen lachten nicht. Im Gegenteil, sie starrten das Mädchen verständnislos an. „Wie kommst du darauf, dass hier jemand wohnt, Grünschnabel?", fragte Spalter spöttisch, was ihm einen strafenden Blick Kvins einbrachte. Spalter verzog den Mund und starrte verstimmt wieder hinaus auf die Lichtung.

„Die Frage ist berechtigt, auch wenn man sie freundlicher hätte stellen können. Li…Dorne, wie kommst du darauf?", erkundigte sich Kralle höflich. Dorne zeigte auf die Stämme und den Rauch und erzählte ihnen, was sie daraus geschlossen hatte. Ihr Bruder nickte anerkennend. Welch Seltenheit, wenn es nicht überhaupt zum ersten Mal vorkam.
„Sie hat recht!", entschied Kvin abschließend. „Brennholz, wenn auch nicht eben ordentlich aufgeschichtet und noch nicht zu Scheiten geschlagen. Sehr gut Lissa. Und der Rauch…da lohnt es sich nachzusehen. Es ist zumindest vielversprechender als alles andere, was wir bis jetzt gefunden haben."
„Was suchen wir denn überhaupt?", fragte die kleine Troll neugierig.
„Das ist eine lange Geschichte. Nichts was wir zwischen zwei Gebüschen erzählen sollten. Nachher am Lagerfeuer erkläre ich es dir. Nein!", Skar hob die Hand als sie zu widersprechen begann. „Das ist keine Ausrede! Ich werde es dir erzählen, aber nicht jetzt. Du kennst die Regeln. Bis wir im Lager sind, gilt für uns alle absolute Wachsamkeit. Es könnte gefährlich werden. Das ist mein Ernst." Er wandte sich seinen drei Freunden zu. „Jungs? Ihr wisst Bescheid, KEINE Risiken. Wenn sich etwas oder jemand bewegt, türmen wir. Dorne, du bleibst bei Kralle. Spalter, du gehst voran. Kvin gibt uns Rückendeckung. Und los!"

Dorne war beeindruckt. Die Jungen spurten tatsächlich, wenn Thimor etwas sagte. Nun, wenn sie mitmachen wollte, dann musste sie das wohl auch. Sie hängte sich an Kralle und folgte ihm wie ein Schatten um die ganze Lichtung herum.

Sie waren fast eine Stunde unterwegs. Spalter führte sie sicher an ihr Ziel heran, auch wenn sie dafür durch etliche Dornenbüsche kriechen und über ein halbes Dutzend Baumstämme klettern mussten. Nichtsdestotrotz erreichten sie kurz vor der Mittagsstunde den Stapel aus Stämmen, den sie zuvor ausgemacht hatten und gingen dahinter in Deckung.

Quamtrem, 35. Phanistog im Jahr des Thorweg, 11:56 Uhr

Direkt vor ihnen erhob sich der Hammergipfel. An einer Einwölbung seiner bewaldeten Flanke duckte sich eine Hütte. Sie wirkte für Trollmaßstäbe gedrungen. Knapp dreieinhalb Meter hoch, um die vier Meter breit, allerdings nur drei Meter tief. Sie klebte förmlich am Gestein des Berges, als hätte sich ihr Erbauer eine Wand sparen wollen.

Die Fläche direkt vor der Hütte war von Bäumen befreit worden. Auf einem kleinen Acker wuchsen Knollen, Lauch und diverse Kräuter. Direkt dahinter erhob sich ein Wall aus Bäumen. Wäre nicht der Rauch gewesen, der aus dem metallenen Rohr auf dem Dach quoll, hätten sie diese Behausung nie entdeckt. Skar gab Kralle ein Zeichen und er pirschte los. Die Deckung der Bäume nutzend, arbeitete er sich langsam und lautlos bis zum Fuß des Gipfels vor. Auf dieser Seite hatte die Hütte keine Fenster und er konnte sich ungesehen nähern. Vorsichtig tastete er sich bis zur Hausecke vor und warf einen fragenden Blick zu den gestapelten Baumstämmen hinüber, hinter welchen seine Freunde warteten. Seitlich konnte er den erhobenen Daumen Skars erkennen, das verabredete Zeichen für „freie Bahn". Kralle nickte, schluckte seine Aufregung herunter und kniete nieder.

Auf allen Vieren schob er sich langsam an eines der beiden tiefliegenden Fenstern der Frontseite heran. Er erhob sich soweit, dass er über die breite Fensterbank spähen konnte, doch

20

ein fadenscheiniges Stück weißen Stoffes versperrte ihm die Sicht. Er seufzte innerlich und lukte, an den Fensterrahmen gequetscht, über die provisorische Gardine hinweg. Der Raum hinter der Fensterscheibe war um einiges größer als er erwartet hatte. Seine Bewohner mussten ihn ein Stück weit in den Berg hineingetrieben haben. Gegenüber der Fronttür befand sich ein, mit einem schweren Riegel versperrtes Tor, dass anscheinend weiter in den Berg hineinführte. Der Raum selber war spärlich eingerichtet, wie Kralle fand. Ein Tisch und ein Stuhl. Ein abgetrennter Bereich für ein Feuer, mit einem schwenkbaren Kessel darüber. Er konnte ein Regal mit Küchenutensilien und ein weiteres mit einigen Büchern ausmachen.

Auf der anderen Seite standen zwei Truhen, ebenfalls verschlossen und ein kleines Bett. Auf dem Bett lagen einige Felle, die man wahrscheinlich als Decke verwendete und auf den Fellen lag ein Zwerg, der beeindruckend laut vor sich hin schnarchte. Kralle zuckte zurück. Er wollte nicht von einer wilden Horde Minenzwerge beim Spionieren erwischt werden. Schleunigst und sehr leise machte er sich auf den Rückweg.

†

„Der Typ sieht echt fertig aus.", beendete Kralle seinen Bericht. „Ich fürchte er kann sehr ungemütlich werden, wenn man ihn reizt. Dieser lange ungepflegte Bart und die abgerissenen Klamotten. Allerdings, wenn ich genauer darüber nachdenke, glaube ich, dass er hier schon sehr lange wohnt. Und zwar allein."
„Mich interessiert nicht wie er aussieht.", unterbrach ihn Spalter grob. "Glaubst du das er es ist oder nicht?"
„Woher soll ich das wissen?", fragte der sonst so ruhige Kralle aufgebracht. „Es steht ihm wohl kaum auf der Stirn geschrieben, oder?"

Dornes Blick wechselte im Takt des Gesprächs hin und her. *‚Wovon reden die Jungs nur?'* dachte sie irritiert.

Spalter erhob sich drohend, was Kvin mit einem gezierten Hüsteln quittierte. Spalter grummelte etwas in seinen nicht vorhandenen Bart, aber er beruhigte sich sichtlich.

Skar seufzte. Spalter konnte wirklich den friedlichsten Felsbeißer aus der Ruhe bringen. „Los Jungs, Dorne, ab mit euch. Das hat heute eh keinen Sinn mehr. Lasst uns zurückgehen. Ich glaube, wir haben einiges zu überdenken."

†

Der Weg zum Zeltplatz verlief sehr ruhig. Dorne hielt sich an Kvin, während die anderen drei ihren Gedanken nachhingen. „Du, Kvin?", fragte sie neugierig und zog dem großen Troll auffordernd am Hemd.

„Mh?", antwortete Kvin. Dies war das Kvintsche Äquivalent für: „Ja, bitte? Was kann ich für dich tun?"

„Warum hast du eigentlich keinen Spitznamen?"

„Ich bin ich!"

Das Mädchen zog die Stirn kraus. „Die anderen sind doch auch sie selbst, trotzdem haben sie welche."

Der große Troll blieb stehen und sah auf das nur knapp zwei Meter große Mädchen hinab. „Nun ich denke das ist so … sie wollen, dass die anderen sie für groß und gefährlich halten und geben sich deshalb besonders gruselige Namen. Dabei vergessen sie, dass für die meisten Lebewesen Synkanas ein Troll von dreieinhalb bis vier Metern Größe bereits groß und gefährlich genug ist. Aber lass ihnen den Spaß. Außerdem…", er zwinkerte ihr verschwörerisch zu. „wer will schon freiwillig Orf heißen."

Dorne blieb der Mund offen stehen. Sie hatte Kvin noch nie so viele Worte an einem Stück sagen hören. Dann dachte sie über das nach, was er gesagt hatte und kicherte leise. „Du denkst lieber als dass du redest, oder?" Kvin nickte und ging weiter.

Dorne rannte einige Schritte bis sie ihn eingeholt hatte, dann griff sie nach seiner Hand. Kvin blickte mit fragend hochgezogenen Augenbrauen auf die Kleine hinab und das Mädchen schenkte ihm ihren liebreizendsten Blick. „Ich glaube du hast Recht, du darfst mich wieder Lissa nennen."

Kvin nickte und sie gingen weiter. Nach einigen Minuten des Schweigens begann Lissa erneut zu flüstern: „Ich verstehe warum Spalter dieses Theater mit den Spitznamen macht, er war schon immer irgendwie… anders. Aber warum machen Thimor und Allun mit? Ich habe sie für intelligenter gehalten."

„Ich glaube, Thimor macht mit damit Orf sich nicht so ausgegrenzt vorkommt wie im Dorf und Allun tut Thimor einen Gefallen weil er sein Freund ist." Der dreieinhalb Meter große Troll zuckte mit den Schultern.

„Und du?", hakte Lissa nach. Kvin schüttelte energisch den Kopf: „Mir ist das zu blöd. Bei aller Freundschaft, da hört es auf." Lissa grinste breit.

†

Am späten Nachmittag erreichten sie ihr Lager. Lissa brannte vor Neugierde. Die Jungs hingegen kümmerten sich erst einmal um das Essen. Thimor ging die Fallen ab und hatte Glück. Er kam mit einem Kolmopon im Schlepptau zurück. Dieses übergroße Murmeltier würde locker zwei Tage reichen. Kralle sammelte Feuerholz, während Kvin und Spalter mitgebrachte Knollen und Rüben schnitten. Lissa versuchte sich nützlich zu machen, trug die Schalen zur Sickergrube, holte Wasser vom Bach, deckte den Tisch und wurde dabei immer ungeduldiger.

Bald drehte der Kolmopon gewürzt und eingeölt am Spieß. Alle Arbeit war getan. Nun konnte sie es einfach nicht mehr aushalten. Eine gute Gelegenheit ihrem Bruder auf den Zahn zu fühlen.

23

Sie setzte sich neben Skar auf den Baumstamm und schaute erwartungsvoll zu ihm hinauf. „Kannst du mir jetzt erzählen um was es geht?"

Skar verzog widerwillig das Gesicht. „Du hast es versprochen!", klagte es neben ihm sofort los.

Er verdrehte die Augen. Warum waren kleine Schwestern immer so kompliziert? Ständig wollten sie etwas, trödelten herum oder machten den Kasper. Wie schön war doch die Zeit gewesen, bevor es Lissa gab. Kein Generve, kein Aufpassen, kein Hinterhergelaufe. Aber seine Mutter hatte ja unbedingt noch ein Baby haben wollen. Wie kam Kralle nur damit klar? Er hatte schließlich einen ganzen Stall voll Geschwister. Er musste ihn bei Gelegenheit danach fragen, nun jedoch... „Okay Dorne, du hast gewonnen." Skar seufzte. „Du weißt doch noch, dass letztes Jahr Hennen mitten in der Nacht aus seinem Zimmer verschwunden ist, oder?"

Lissa nickte ernst. Hennen war ihr Freund. Sie waren zusammen zur Schule gegangen und da sie Nachbarn waren, spielten sie immer miteinander Verstecken. Sie erinnerte sich an die Aufregung, als Hennens Eltern am Morgen sein Verschwinden entdeckten. Das gesamte Dorf war zusammen gekommen und hatte nach dem Jungen gesucht. Sie hatten alle Gebäude und den angrenzenden Wald auf den Kopf gestellt. Als die Erwachsenen alle fort waren, war auch Lissa heimlich aufgebrochen und hatte alle Lieblingsverstecke Hennens untersucht. Doch alle Mühe war vergebens. Der Junge war nicht aufzufinden gewesen. Erst nach über zwei Wochen fand man ihn blass und abgemagert auf einer Waldlichtung.

Er lag zusammengekauert mitten auf der Wiese in der Sonne und zitterte am ganzen Leib. Der Holzfäller der ihn fand, berührte ihn sachte am Arm und Hennen fing an zu schreien als ob man ihm ans Leben wollte. Er hörte nicht auf bis seine Mutter ihn endlich in ihre Arme schloss und fest an sich drückte. Der Holzfäller hatte ihn den ganzen Weg ins Dorf tragen müssen und wusste noch eine lange Zeit Schauergeschichten über das Geschrei zu erzählen.

Seit seiner Rückkehr war Hennen nie wieder der Alte geworden. Er mochte keine einsamen Orte mehr und Dunkelheit machte ihm Angst. Ständig schrak er zusammen und sah ängstlich hinter sich, als erwartete er, dass sich jemand an ihn heran schlich. Doch wo er die Zeit gewesen war verriet er niemandem, auch nicht seiner Mutter oder dem Dorfältesten. Lissa nickte erneut, diesmal ein wenig trauriger. Skar nickte ebenfalls. „Das gleiche passierte in diesem Jahr noch zwei weiteren Kindern von denen wir wissen. Davon kam eines ebenfalls wieder zurück, das andere jedoch blieb verschwunden. Ich weiß nicht ob du es damals mitbekommen hast, denn unsere Eltern sprachen nur davon wenn wir im Bett waren. Ich hörte es damals als ich einmal auf dem Weg zum Abort war. Danach war ich natürlich wachsamer."
Lissa schnappte nach Luft. „Was? Das habe ich gar nicht mitbekommen. Und man hat nie erfahren wo das eine Kind geblieben ist?" Das Mädchen hob die Hand an den Mund. Sie konnte sich sehr gut vorstellen, wie sehr ihre Eltern in Sorge wären, wenn Thimor oder sie selbst verschwinden würden. Sie würden durchdrehen!
„Leider nein.", bestätigte ihr Bruder.
„Aber wer war es? Ich habe nur davon gehört das Hennen verschwunden ist. Warum wurde im Dorf nichts von dem anderen Kind erzählt?" Ihre Augen wurden feucht vor Mitgefühl.

So ist das mit kleinen Schwestern, immerzu weinen sie. Naja, so ein Schicksal wünscht man schließlich niemandem. Mich lässt es ja selbst nicht los!' Schuldbewusst legte er den Arm um Lissa und streichelte ihre Schulter.

„Es war ein Junge vom Orgrat-Gipfel-Clan.", erklärte Skar nun viel geduldiger. „Wir haben es nur durch Zufall erfahren, weil Omas Schwester in dem Dorf lebt und beim letzten Besuch davon berichtete. Und jetzt wird es interessant. Papa erwähnte bei der gleichen Gelegenheit, dass ebenfalls ein Mädchen aus unserem Dorf verschwand, als er noch jung war. Ich erzählte Spalter davon und er hatte eine ähnliche Geschichte von seinem Vater gehört; nur stammt sein Vater gebürtig vom Felsenbach-Clan, weit im Westen. Allerdings lag auch dieser Vorfall schon fast zwanzig Jahre zurück."

Die kleine Troll runzelte die Stirn. „Und dazwischen war nichts? Könnte es dann kein Zufall sein?" Sie zuckte mit den Schultern. „Es passieren doch immer wieder irgendwelche Unfälle. Sie könnten von irgendwelchen Graten in eine Schlucht gestürzt sein. Vielleicht sind sie auch einfach weggelaufen."

Skar hob die Braue. Es war wirklich erstaunlich, wenn die Kleine nicht zickte, konnte man sich ja richtig gut mit ihr unterhalten. „Ja, das stimmt schon aber es wird noch interessanter. Kralle wusste von einer weiteren Geschichte vom Hochbach-Clan die ebenfalls zwanzig Jahre zurück lag und dann wären es schon drei Unfälle oder Ausreißer. Kralle erfuhr die Einzelheiten von seinem Großvater. Allerdings hatte diese Geschichte ein Happy End. Das Mädchen vom Hochberg-Clan kehrte nach mehr als drei Wochen total abgemagert und verstört zurück. Sie konnte sich nicht erinnern einen Unfall gehabt zu haben oder weggelaufen zu sein. Sie erinnerte sich an nichts und hatte seit dem Angstzustände. Erinnert dich das an was?"

„Hennen!", sagte Lissa sofort und wollte vor Aufregung aufspringen, doch Skar hob den Zeigefinger. „Eine letzte Sache noch. Vor zwei Wochen verschwand ein Junge bei den Geröllhalden. Er war Teil einer Händlergruppe die vom Hochbach zum Orgrat zogen. Sie hatten an den Geröllhalden Rast gemacht um die Mentorus an den Lagunen zu tränken. Sie haben ihn nur fünf Minuten aus den Augen gelassen und weg war er. Der Leiter der Händlergruppe ist bei Opa vorstellig geworden und hat ihn als den Chef des nächstgelegenen Dorfes informiert, falls der Junge wieder auftaucht. Sie haben ihn über einen Tag gesucht aber keine Spur von ihm gefunden."

Lissa blieb der Mund offen stehen. „Weg? Wie kann er bei den Geröllhalden einfach verschwinden? Das Gelände ist doch zu beiden Seiten des Weges gut einsehbar. Auf der einen geht es steil hoch, auf der anderen steil hinab und die Steine dort sind bestenfalls so groß wie ich. Da kann sich niemand verstecken" „Genau das ist das Geheimnis", sagte Kralle und gesellte sich zu den beiden.

Lissa schloss die Augen und rief sich das Gelände in der Nähe der Lagunen in den Sinn. Einige Bäche die den Geiergipfel hinab kamen, ergossen sich in die großen, tiefen Tümpel. Man nannte sie Lagunen, weil sie über und über mit Algen bewachsen waren und eine satte grüne Farbe aufwiesen. Außerdem lagen sie jeweils unter einem der riesigen Felsvorsprünge des Geiergipfels. Es gab sieben oder acht von diesen Tümpeln, die sich jeweils einige Dutzend Höhenmeter unter dem vorhergehenden erstreckten. Der Überlauf des einen ergoss sich als kleiner Wasserfall in den nächst darunter gelegenen. Der letzte der Tümpel befand sich direkt neben dem Pfad, der die Geröllhalden passierte und wurde häufig als Tränke genutzt. Sein Überlauf schuf eine seichte Furt, die man passieren musste, um den Pfad weiter nach Osten folgen zu können und bildete nach einigen weiteren Dutzend Höhenmetern den Geiergipfel See. Dieser war jedoch nur durch so waghalsige Kletterei zu erreichen, dass selbst heranwachsende Trolle es für Schwachsinn hielten, da herunterzuklettern.

Lissa seufzte. „Könnte er in den Tümpel gefallen sein oder in den See?", fragte sie ohne große Hoffnung. „Mir fällt sonst nichts ein, wo man sich dort verstecken könnte. Es sei denn er wäre abgestürzt."

Kralle schüttelte den Kopf. „Einer der Händler ist in die Lagune gesprungen und darin herum getaucht. Er konnte kein Anzeichen finden. Man hat auch keinen Schrei gehört oder aufgewirbelten Staub gesehen, was für einen Absturz gesprochen hätte. Trotzdem sind sie den halben Tag in den Geröllhalden herumgekraxelt und haben nach dem Jungen gerufen. Einer hat sich sogar bis zum See hinabgewagt. Sie mussten ihn mit Seilen wieder heraufziehen." Skar schüttelte ebenfalls den Kopf. So ein Leichtsinn. Aber was tat man nicht alles um jemanden zu retten. „Das einzig auffällige war", berichtete Kralle weiter. „dass sich die Tiere angstvoll zusammendrängten, als sei ein Raubtier in der Nähe. Doch auch davon…keine Spur."

„Und wir reden hier über Mentorus. Die sind dreieinhalb Meter groß und sind normalerweise viel zu blöd um Angst zu haben.", rief Spalter dazwischen.

„Wir haben versucht ein wenig zu recherchieren. Ohne zu viel Staub aufzuwirbeln, versteht sich. Und das war recht schwierig bei diesem Thema, das kann ich dir sagen. Trotzdem haben wir folgendes herausgefunden: Vor zwanzig Jahren sind fünf Kinder verschwunden, drei blieben fort, zwei kamen zurück. Vor vierzig Jahren verschwanden vier Kinder, eines kehrte Heim, die anderen nicht. Dieses Jahr passierte die Sache mit Hennen.", Skar zählte es an seinen Fingern ab. „Der Junge bei den Geröllhalden ist immer noch verschwunden und seit zwei Monaten vermisst man ein Mädchen beim Felsenbach-Clan. Es heißt, sie sei weggelaufen aber wir glauben das nicht. Und als Letztes natürlich der Junge vom Orgrat-Gipfel-Clan. Das macht vier und bis jetzt ist nur Hennen zurückgekehrt."

„Das würde bedeuten, alle zwanzig Jahre…", begann Lissa, doch Spalter unterbrach sie rüde.

„Was soll denn der Mist? Wollt ihr dem Winzling alles unter die Nase reiben? Soll sie Angst bekommen und schreiend Heim rennen? Dann ist unser Geheimnis innerhalb von fünf Minuten im Dorf herum und wir dürfen uns keinen Fuß mehr von Mutters Herd fort wagen." Erbost schritt er vor den drei jungen Trollen auf und ab. Wütete immer lauter und redete sich die ganze Wut von der Seele.

Eine große Hand legte sich auf seinen Kopf und drehte ihn langsam herum. Kvin ragte wie ein Berg vor ihm auf und starrte auf ihn hinab, „Es reicht, Orf!", sagte er ruhig, aber leichter Unmut lag in seiner Stimme. Spalter schrumpfte sichtlich in sich zusammen.

„Lissa gehört jetzt zu uns! Außerdem muss niemand etwas im Dorf verraten, denn wenn du so weiter blökst, weiß es eh das ganze Hochplateau." Er wandte sich dem Mädchen zu, dessen verschrecktes Gesicht sich bei Kvins Erscheinen in ein Lächeln verwandelt hatte. „Was wolltest du sagen?"

Die Kleine holte tief Luft. Vier Augenpaare ruhten auf ihr. So viel Beachtung war sie nicht gewohnt. Stockend begann sie zu sprechen: „Das würde bedeuten, alle zwanzig Jahre verschwinden drei Kinder, richtig? Warum nur alle zwanzig Jahre? Und warum drei Kinder? Warum nicht zwei oder vier?"

Skar klopfte ihr anerkennend auf die Schulter. „Gut!" lobte er. „Du hast das Problem erkannt. Wir sind hier um es herauszufinden."

„Und wieso ausgerechnet hier?" Lissa runzelte die Stirn. „Gibt es einen besonderen Grund? Habt ihr eine Spur?"

„In der Tat.", sagte Kralle. „Alle anderen Gegenden sind recht dicht besiedelt und wurden mehrfach auf der Suche nach den Vermissten durchkämmt. Hier jedoch gibt es außer unserer eigenen, keine weiteren Siedlungen. Unser Dorf liegt am weitesten im Südosten und bis jetzt ist, bis auf den Vorfall mit Hennen, dort nie etwas passiert. Wenn wir also jemanden haben der Trollkinder entführt, würde er sicherlich in der Nähe seines Verstecks möglichst wenig Aufsehen erregen wollen, oder?"

Das Mädchen nickte langsam. „Dann wäre Hennen vielleicht ein Versehen gewesen." Sie dachte angestrengt nach „Und als der Entführer merkte, dass sich die Suche nach Hennen immer weiter ausdehnte und ihm verdächtig nahe kam, schickte er ihn zurück…" Die kleine Stirn schlug Falten und die Jungen warteten gespannt. „Nuuuun, das wäre eine Möglichkeit, allerdings hat eure Theorie einen Haken."

„Tatsächlich?" fragte Kralle erstaunt. „Welchen?"

Die Kleine erhob sich und malte den ungefähren Umriss des Plateaus auf den Boden. „Ihr betrachtet nicht das gesamte Plateau, sondern nur unsere Region. Alle vermissten Kinder stammten aus dem östlichen Teil. Einmal angenommen, Hennen entkam als der Entführer ihn nach Norden oder Westen bringen wollte. Dann wäre der Verbrecher im Norden oder Westen zu suchen und nicht in dieser winzigen Ecke in der wir uns befinden. Einmal abgesehen davon säße er hier in der Falle. Wir haben hier an drei Seiten steile Abhänge, die höchstens den Bergziegen eine Möglichkeit des Abstiegs vom Plateau bieten. Der einzige vernünftige Weg hinunter sind die Serpentinen weit im Westen. Wäre es nicht unsagbar dumm, sich ausgerechnet hier zu verstecken? Ohne Fluchtmöglichkeit?"

Kvin hob die Augenbrauen. „So betrachtet könnte sie Recht haben."

Spalter schnaufte abfällig, doch Kralle rückte näher an die Zeichnung heran und zeigte auf einen Punkt östlich des Dorfes. „Dann müsste Hennen aber sehr vom Weg abgekommen sein."

„So durch den Wind wie er war, wäre es möglich. Der Winzling wusste ja nicht einmal mehr wo rechts und links war.", behauptete Skar und strich sich nachdenklich das Kinn. „In einem Punkt gebe ich dir Recht, Dorne. Die Serpentinen sind der einzige Weg, wenn man mit Lasttieren unterwegs ist. Allerdings gibt es zahlreiche kleine, wenn auch gefährliche Pfade, auf denen man zu Fuß das Plateau verlassen kann. Auch hier gibt es solche. Papa hat mir mal einige davon gezeigt. Für den Notfall!"

Das nachfolgende Essen verlief sehr schweigsam. Jeder dachte über das Gespräch nach; lediglich Spalter murmelte vor sich hin, griff gelegentlich nach einem herumliegenden Stein und schleuderte ihn in Richtung Bach.

Plötzlich sprang er von seinem Stamm auf und wandte sich an die Freunde. „Ich kapier einfach nicht, warum einige überhaupt zurückkamen und warum sie niemanden davon berichtet haben was mit ihnen passiert ist. Das ist doch voll schwachsinnig!" Alle warfen ihm überraschte Blicke zu. Orf konnte denken? Erstaunlich!

Spalter nahm ihr Schweigen zum Anlass weiter zu machen. „Mal ehrlich, wenn ich in irgendeine Felsspalte gefallen wäre, wäre das zwar tierisch peinlich aber irgendjemandem würde ich es trotzdem erzählen. Euch zum Beispiel,... meinen Freunden.", schloss er etwas leiser.

Kralle lächelte. Kvin und Skar nickten anerkennend. „Und wenn mich irgendein Mistkerl erwischt hätte, hätte ich keine Minute gezögert und ihm den Chef und alle anderen Trolle die eine Waffe halten können auf den Hals gehetzt."

Er wandte sich an Lissa, sichtlich bemüht einen angemessenen Ton anzuschlagen: „Dieser Winzling ... Hennen ist doch dein Freund. Hat er kein Wort über die Sache verloren?" Erwartung lag in seiner Stimme und eine große Anstrengung seine Ungeduld nicht zu zeigen.

Lissa schenkte ihm ein kleines Lächeln, schüttelte jedoch traurig den Kopf. „Ich weiß nicht wie ich das anders sagen soll, aber Hennen ist nicht mehr der Hennen von früher."

Die Jungen schauten sie erstaunt an. „Wie meinst du das?", hakte Skar nach.

„Ihr gebt euch ja normalerweise nicht mit uns Kleineren ab, deshalb habt ihr es vielleicht nicht bemerkt, aber Hennen sondert sich von allen ab. Er redet kaum mehr als zwei Sätze mit anderen, auch mit mir nicht. Wenn man ihn auf die Sache anspricht, werden seine Augen ganz glasig und er wechselt das Thema oder geht einfach fort. Er hat mit mir nicht ein Wort über diese Zeit gesprochen und dabei hat er mir sogar damals das Versteck von seiner Steinsammlung gezeigt. Die war sein absolutes Heiligtum. Ich war die einzige die davon wusste. Jetzt interessiert er sich nicht mehr für Steine."

Sie erntete fragende Blicke.

„Bevor er verschwand, verging nicht eine Woche in der er nicht einen neuen, interessanten Stein fand und seinem Hort hinzufügte. Ich habe es überprüft. Die Steine liegen immer noch unberührt dort, wie er sie verlassen hat. Es ist auch kein neuer hinzugekommen."

„Mist!", kommentierte Spalter.

„Steine!", sagte Kralle und klatschte seine Hand an die Stirn.

„Eine Idee?", fragte Kvin.

„Hmm, vielleicht…" Kralles Blick glitt in die Ferne, als füge er unsichtbare Teile eines Puzzles zusammen. „Lissa, heißt das, Hennen war öfter alleine unterwegs? Hat er nach diesen Steinen gesucht oder einfach nur im Vorbeigehen aufgelesen, wenn er sie zufällig fand? War er vielleicht an ungewöhnlichen Orten unterwegs, um neue Steine zu entdecken?"

Sie nickte eifrig. „Aber ja. Er hat sich nie damit zufrieden gegeben sie einfach zu finden. Er wusste von einigen Stellen, die besonders ergiebig waren und manchmal durfte ich ihn dorthin begleiten."

Die Aufmerksamkeit der Jungen war geweckt. „Wohin genau?"

„Ich könnte euch hinführen", versprach Lissa und fühlte sich erstmals als anerkanntes Mitglied der Gruppe.

†

Quamtrem, 36. Phanistog im Jahr des Thorweg, 7:19 Uhr

Am nächsten Morgen fand sie das schon nicht mehr ganz so toll. Die Jungen nahmen Aufstellung und sahen erwartungsvoll auf die kleine Troll hinab. Nervös rieb sich Lissa den Magen. Das Frühstück aus Stockbrot und gebratenem Speck lag ihr schwer im Magen. Was wenn dies alles nur Zeitverschwendung war? Sicher würde sich Spalter zu der einen oder anderen spitzen Bemerkung hinreißen lassen, egal wie sehr er gestern versucht hatte sich zu beherrschen. Lissa schob den Unterkiefer vor. Nun, dann war das eben so. Der Spott würde wehtun aber sie würde es überstehen. Es wäre nur schade, wenn Kvin, Skar und Kralle enttäuscht von ihr wären. Sie wäre so gerne Teil der Gruppe.

Lissa seufzte und führte die Jungen in den Wald hinein. Zunächst ging es ein Stück zurück, Richtung Dorf. Aus den Augenwinkeln sah sie die fragenden Blicke die Spalter Kralle zuwarf, doch dieser machte lediglich eine beruhigende Handbewegung und schritt lächelnd weiter hinter Lissa her.

An einem besonders verwachsenen Baum der Gattung Korkenzieherhasel, bog sie scharf nach rechts ab. Sie folgten einem dicht mit Zwirbeleichen bewachsenen Hügelkamm. Die dicke Laubschicht unter ihren Füssen raschelte. Unterholz knackte. Nervös sah sich Lissa um, dann entdeckte sie den kleinen Bachlauf, fast völlig unter Laub begraben. Sie folgten ihm ein ganzes Stück den Hang hinauf. Das Wasser verbreitete ein munteres Murmeln und Gluckern, während er in seinem steinigen Bett den Trollen entgegen plätscherte.
,Kein Wunder, dass sich Hennen diese Stelle ausgesucht hat.', dachte Skar. *,Hier wimmelt es von Steinen und Kieseln.'*
Aber Lissa blieb nicht stehen.

Das Gewässer plätscherte zwischen zwei mächtigen Eichenstämmen hervor, die den Beginn einer verborgenen Schlucht bildeten. Hinter den Bäumen hoben sich die Hügel zu beiden Seiten des Baches sanft an, so dass sie es zu Beginn gar nicht bemerkten. Der Eingang war schmal und während die Hügel zu beiden Seiten zu wachsen schienen, führte der Pfad eher hinab. Obwohl es eine optische Täuschung sein musste, denn Gewässer fließen nicht bergan. Dann kam jedoch der Moment, an dem Skar stutzte und stehen blieb.

„Lissa, wo sind wir hier." Er war schon tausende Male mit den Jungs und auch alleine durch diesen Teil des Waldes gestrichen, auch der Bach war ihm bekannt. Allerdings war er nie auf den Gedanken gekommen, ihm zu seiner Quelle zu folgen. Was hatten die beiden Winzlinge da nur entdeckt?

„Gleich, Skar!" rief Lissa und verschwand um eine scharfe Windung. Skar beschleunigte seine Schritte, um sie im Blick zu behalten und bremste urplötzlich ab.

Vor ihm öffnete sich die Schlucht und gab den Blick auf ein breites Bachbett frei. Es schien sich lediglich bei starken Regenfällen zu füllen und ließ sich jetzt bequem durchqueren.

Trotzdem sah man an der breiten Schneise aus fortgespültem Laub und Steinen noch die ehemalige Breite. Einige beeindruckende Findlinge lagen im Bereich der Flutlinie, was bedeutete, dass der unschuldig vor sich hinplätschernde Bach durchaus reißend werden konnte. In mehreren verschlungenen Windungen durchschnitt er das kleine Tal unter den hohen Wipfeln der Eichen. Bildete Arm- und manchmal auf nur Fingerbreite Nebenflüsschen, die sich wiederum weiter verästelten, auftrennten und wiedervereinigten, nur um erneut in einer weiteren Schlucht zu verschwinden.

Je weiter sie vordrangen, desto deutlicher wurde die Spur der Wasserkraft. Der Bach schnitt hier durch tiefes Gestein und bald ragten die Seitenwände weit über ihre Köpfe hinaus.

Skar bemerkte wie Spalter zusehends unruhig wurde und fragte: „Lissa, bitte. Wo führst du uns hin?" „Warte noch einen kleinen Moment. Wenn wir um diese Kurve dort sind, werdet ihr es sehen!" und tatsächlich, hinter einer lang gestreckten Felswand, die von großen Findlingen eingerahmt wurde, öffnete sich eine Grotte.

Der Eingang wölbte sich halbmondförmig über den nur knapp zwei Meter breiten Bach und gab den Blick auf den Innenraum frei. Die Höhle war nicht groß aber sehr hoch. Die Quelle musste irgendwo tief im Berg liegen. Das Wasser strömte über eine zerklüftete Kante die knapp zwanzig Meter hohe Felswand hinab und ergoss sich in ein beinahe kreisförmiges Becken. Wie die Breite des Bachbetts bereits vermuten ließ und auch die vermeintliche Tiefe des Beckens verkündete, sorgten Regen- oder winterliche Schneefälle dafür, dass aus dem Bächlein regelmäßig ein reißender Fluss wurde.

Lissa hielt am Rand des Beckens an und deutete auf zahlreiche Brocken, die vom Wasser hinabgespült worden waren.
„Hennen sagte mir, dass er nach jedem starken Regenguss hierher kam. Er hat seine schönsten Steine hier gefunden, eine wunderschöne Geode und sogar einen echten Opal."
Kvin hob einen der Brocken vor seinem Fuß auf und betrachtete ihn kritisch. Dann richtete er sein Augenmerk auf die Steilwand vor ihm. Lissa trat an ihn heran: „Hennen sagt, sie werden förmlich aus den Tiefen des Berges heraus gespült und bleiben liegen, wenn der Hauptteil des Wassers abgeflossen ist."

Skar nickte zustimmend und sah sich um. Die kleine Höhle behielt nach einem ersten Rundumblick nicht mehr viele Geheimnisse für sich. Der messerscharfe, zerklüftete Grat der aus der Krone des Wasserfalls heraus ragte, wie auch die Höhe sprachen dagegen, dass man Hennen dort hinauf verschleppt hatte. Er war zwar für zwölf Jahre recht klein, aber niemand hätte einen zweieinhalb Meter großen Troll gegen seinen Willen diese Wand hinauf bekommen.

‚Bleibt noch das Becken.', dachte Skar und schüttelte den Kopf. Es war unmöglich jemanden für zwei Wochen im Wasser zu verstecken. Sein kritischer Blick ging trotzdem über das schäumende Nass. Er war sicher, dass sich das Wasser hier tief in den Boden gefressen haben musste, bevor es über den Abfluss in den Wald hinausströmte. Aber wie tief, das war die Frage. Selbst jetzt, wo relativ wenig Wasser hinab floß, schäumte und sprudelte das Becken, wie ein Wassertopf auf dem Feuer. Es war ihm nicht möglich, auch nur ansatzweise seine Tiefe zu bestimmen. Er überlegte, ob er die Stiefel aufschnüren und versuchen sollte hinein zu waten, als hinter ihm Stimmen laut wurden.

„Ich fürchte wir befinden uns in einer Sackgasse.", verkündete Kralle, während Spalter seine halbherzigen Versuche die Felswand zu erklimmen einstellte.
„So kommen wir wohl nicht weiter.", schloss Kvin und wandte sich zum Gehen.

Die Enttäuschung stand ihnen ins Gesicht geschrieben, während sie den Windungen des Baches aus der Schlucht hinaus folgten. Spalter verkündete seinen Unmut, indem er gelegentlich gegen einen Stein trat und ihn über das Wasser tanzen ließ. Gerade holte er zu einem weiteren Tritt aus, als Kralle der voraus ging mit den Händen zu fuchteln begann und ihnen bedeutete in Deckung zu gehen.
Lissa duckte sich hinter ein blickdichtes Knorpeleschengebüsch, während Kvin und Skar hinter jeweils einen Eichenstamm traten. Kralle und Spalter kauerten sich hinter zwei der zahlreichen Findlinge.
Eine Weile geschah nichts, sodass sich Lissa bereits zu fragen begann, ob es sich um einen falschen Alarm handelte. Dann erkannte sie was Kralle gemeint hatte.

Ein Zwerg näherte sich. Es musste sich um den Mann aus der Hütte handeln. Er trug eine Hose aus gegerbtem Leder und ein fadenscheiniges Wollhemd mit einer dünnen Lederweste darüber. Er hatte einen Fellrucksack auf dem Rücken und war gegen den Wald kaum zu erkennen. Gemächlich schritt er am Eingang der Schlucht vorbei und würdigte die versteckten Trolle mit keinem Blick. Als er vorüber war, konnte Lissa einige Grabits ausmachen, die über seine rechte Schulter hingen. Diese kleine Kaninchenart war recht häufig in diesem Teil des Quamtrem, allerdings jagten die Trolle sie nicht. Einen Zwerg mochten zwei oder drei der Tierchen satt machen, bei einem Troll sah das schon anders aus. Der Aufwand lohnte sich nicht, da jagten sie lieber größere Beute.

Fast außer Sicht hockte sich der Zwerg am Fuße einer kleinen Buche nieder. Einige Minuten schien er sich im Unterholz mit etwas zu beschäftigen. Dann erhob er sich langsam, warf sich die Grabits wieder über die Schulter und ging weiter seines Weges. Kvin und Skar warfen sich hinter den Baumstämmen vielsagende Blicke zu.

Kaum dass die Luft rein war, liefen sie zu der Stelle hinüber. Kvin hielt einen dicken Stock in den Händen, den er vom Boden aufgelesen hatte, und stocherte damit zwischen Moos und Blättern vom letzten Herbst umher. Die anderen folgten ihnen etwas gemächlicher. Kurz bevor sie die beiden erreichten, erklang ein lautes KLAPP. Skar entfuhr ein überraschtes: „Oups!". Lissa blieb beinahe das Herz stehen. Kvin hingegen hielt lässig den Stock hoch an dem eine Grabitfalle hing. Die beiden glatten Backen hielten die Spitze des Holzes fest gepackt.

„Hm, hatte Hennen nicht den Fuß gequetscht als man ihn fand?", fragte Kralle nachdenklich und blickte in die Richtung, in die der Zwerg verschwunden war.
„Das bringt den kleinen Felsklopfer wieder ins Spiel, auch wenn ich nicht weiß wie er den Jungen hätte transportieren sollen. Wir reden ja hier von einigen Kilometern bis zu seiner Hütte.", gab Skar zu bedenken.
„Wenn er ihn überhaupt bis zu seiner Hütte geschleppt hat, sie ist recht klein. Der bärtige Wicht scheint sich hier gut auszukennen, vielleicht hat er einen weiteren Unterschlupf für solche Fälle."
„Kluger Einwurf, Orf.", lobte Kvin und schlug dem Troll anerkennend auf die Schulter.

Unter zahlreichen Theorien wie und wo der Zwerg Hennen hätte verschwinden lassen können, machten sie sich auf den

Rückweg. Die abenteuerlichste kam von Orf, der steif und fest behauptete, dass es irgendwo ein Nest von Zwergen gab, die nur darauf warteten, kleine Trolle mit Grabitfallen zu fangen und auf ihren Rücken aus dem Wald schleppen zu können. Allerdings konnte er keine Beweise für die Existenz weiterer Zwerge beibringen, also verwarfen sie diese Theorie wieder.

Der Abend rückte schnell näher und die kleine Gruppe kam am Lagerfeuer wieder zusammen. Das Fleisch vom Vortag schmeckte hervorragend und bald rieben sie sich ihre voll gefutterten Bäuche, während sie mit ihren Rücken an den Baumstämmen lehnten. Die Füße dem Feuer entgegen gestreckt war es richtig gemütlich. Lissa kuschelte sich an Skar, der ihr den Arm um die Schultern legte und vor sich hinlächelte. Der Tag hatte zwar keine Lösung in ihrem Fall gebracht, aber es war ein guter Tag. Kein Streit, kein Zank, fast wie ein richtiges Team.

Kralle summte leise vor sich hin und Kvin hatte die Augen geschlossen. Er schien zu dösen. Ein wahrlich friedlicher Abend. Und wahrscheinlich wäre er gemütlich ausgeklungen, wenn sie nicht überraschenden Besuch erhalten hätten.

Phase 2

Lissa fühlte sich wohl. Die Jungen hatten ihr keine Vorwürfe gemacht, dass in der Steingrotte keine Anzeichen für ein Verbrechen zu finden waren. Das hatte sie sehr erleichtert. Selbst Spalter hatte sich mit Kommentaren zurückgehalten, was nahezu an ein Wunder grenzte. Nun war sie rechtschaffend müde, der lange Spaziergang und die Aufregung mit dem Zwerg waren anstrengend gewesen. Satt und warm an ihren Bruder gekuschelt, fielen ihr langsam die Augen zu.
Skar bemerkte, dass seine kleine Schwester einnickte und schmunzelte. Er wollte grade dazu ansetzen das Mädchen ins Zelt zu schicken, als etwas am Waldrand seine Aufmerksamkeit weckte. Knackendes Geäst, gefolgt von einem leichten Husten und beides kam näher.

Spalter und Skar warfen sich warnende Blicke zu und griffen möglichst unauffällig jeweils nach einem stabilen Ast, der eigentlich als Brennholz für ihr Lagerfeuer herhalten sollte. Die Bewegung ließ Lissa aufschrecken. Kralle verpasste Kvin einen kräftigen Schubs, griff nach einem der brennenden Äste und hielt ihn hoch in die Nacht. Er spendete nicht wirklich mehr Licht als das Feuer an sich, aber war als Lichtquelle flexibel einsetzbar.

Kvin erhob sich, was Lissa zum Anlass nahm hinter ihm in Deckung zu gehen. Kvin brauchte keine Äste, wenn er wütend genug war setzte er einen ausgewachsenen Mentoru mit einem Faustschlag K.O. Trotzdem gingen ihm die Augen über als er sah wer sich ihnen dort näherte.

Es war der Zwerg.

Dieses kleine Bündel aus Fellen und Leder, das kaum über die Baumstämme hinausragte die ihnen als Sitzgelegenheit dienten.

Sie hatten gehört wie leise er sich durch den Wald bewegen konnte. Daraus konnte man nur eins folgern: Er wusste dass sie hier waren und er wollte, dass sie wussten, dass er kam. Er hatte sie also im Wald bemerkt und wusste auch wo er sie zu suchen hatte. Was wollte er nur?

„Achtung Leute! Er will was von uns. Seid wachsam!", brachte Kvin zwischen zusammengebissenen Zähnen hervor. Er erntete allgemeines Nicken bei seinen Freunden. Sie hatten es ebenfalls durchschaut.

Das kleine Fellbündel kam langsam näher, ein munteres Liedchen auf den Lippen. Gradewegs auf die fünf Freunde zuschlendernd, winkte er freundlich zu ihnen hinüber und blieb am Rande des Feuerscheins stehen.

„Hallo zusammen.", grüßte er in die Runde. „Ich bin Helmkator Felsbeißer."

Lissa kicherte nervös. Sicher hinter Kvins breitem Rücken verborgen, spähte sie am Ellenbogen des großen Trolls zu dem Neuankömmling hinüber. Seine Ausstattung deutete wirklich auf die kleine Nagetierart hin, die man hier in der Gegend so häufig antreffen konnte, wenn ihm auch die langen Ohren fehlten. Der verschreckte Eindruck ging ihm jedenfalls ab, er wirkte eher lebenslustig. Witzig war jedoch die Zweideutigkeit des Namens, die ihr bisher noch nie aufgefallen war: auch Zwerge bissen sich mit ihren Spitzhacken durch den Fels. Wahrlich ein passender Name.

„Gehe ich recht in der Annahme, dass wir uns die letzten Tage zweimal knapp verpasst haben?", schallte es zu ihnen hinüber.

Die Jugendlichen wechselten fragende Blicke, was Helmkator zum Anlass nahm weiter zu sprechen: „Ihr könnt mich Kato nennen, wenn euch das leichter von den Lippen geht. Entschuldigt bitte meinen Überfall. Ich lebe seit Jahrzehnten alleine und bin Smalltalk nicht mehr gewohnt. Also, wie sieht's aus? Was gibt es Neues in der Welt?"

Helmkator Felsbeißer erwachte. Er besaß das außergewöhnliche Talent binnen eines Augenblicks vom Schlaf- in den Wachzustand zu wechseln. Dieser Umstand hatte ihm schon mehrfach das Leben gerettet. Und auch heute hatte ihn der innere Sinn für Gefahr aufgeweckt. So sah er, als er die Augen öffnete, wie ein großes Gesicht, das durch sein Fenster gespäht hatte, verschwand. Jahrelanges Kampftraining ließ ihn von seinem fellbedeckten Lager hochschnellen und die Truhe daneben öffnen. Die reich verzierte Kampfaxt sprang ihm förmlich in seine Rechte.

Mit wenigen Schritten war er am Fenster und spähte durch die Gardine ins Freie. Draußen stand die Sonne hoch am Himmel, es war Mittagszeit. Schon wieder fehlten ihm einige Stunden, in denen er nicht wusste was er getan hatte. Er konnte sich noch nicht einmal entsinnen sich ins Bett gelegt zu haben. Seine letzte bewusste Handlung galt den Fellen der Grabits, die er gefangen hatte.

Beängstigend aber nebensächlich. Jetzt war etwas anderes wichtiger: Wem gehörte das Gesicht am Fenster? Und was wollte es von ihm?
Aus den Augenwinkeln nahm er eine Bewegung bei den Holzstämmen wahr, er drehte leicht den Kopf; ja, dort versteckte sich jemand. Aus dem Unterholz bewegte sich etwas auf diesen Jemand zu.
Helmkator sah es an den dichter werdenden Schatten. Das Sonnenlicht hatten die Fremden also nicht einkalkuliert als sie ihn ausspionierten. Anfänger!

Der Schleicher hatte die Stämme erreicht und sich mit seinem Kumpanen vereinigt. Was würde nun passieren? Würden sie ihn angreifen?

Der Griff um den Schaft der Axt wurde fester. Sollten sie es ruhig versuchen, durch die Tür passte immer nur ein Angreifer. Und sollte die Übermacht zu groß werden, konnte er sich immer noch verschanzen. Er war gut vorbereitet.

Helmkator blinzelte fast enttäuscht. Was sollte das denn? Die Angreifer traten den Rückzug an? Es waren doch mindestens zwei und noch dazu große Kerle wie es schien, sonst hätte der eine nicht über seine Gardine in die Hütte spähen können.
Oder hatten sie es am Ende gar nicht auf ihn abgesehen? Vielleicht waren sie nur per Zufall auf seine Behausung gestoßen? Unwahrscheinlich nach der langen Zeit die er schon hier lebte, aber immerhin möglich. Ja, tatsächlich, sie verzogen sich.

Der Zwerg wartete noch eine ganze Weile. Für den Fall dass es sich um einen Hinterhalt handelte. Dann trat er ins Freie.
Mit all seinem Sachverstand als Trapper und Spurenleser untersuchte er die Abdrücke unter seinem Fenster und folgte ihnen im weiten Bogen um die Lichtung herum. Der Waldboden um die gefällten Stämme beantwortete ihm auch die letzten Fragen.

Sein Blick folgte dem Weg der Fremden in die Ferne des Hochplateaus. TROLLE!
Fünf Trolle, um genau zu sein. Halbwüchsige: Einer ungewöhnlich groß, einer ungewöhnlich zierlich. Ein Kind? Er reckte die Nase in die Luft. Lavendelseife? Ein Mädchen?
Helmkators Stirnfalten glätteten sich. Diese Trolle stellten keine Gefahr für ihn dar. Wahrscheinlich hatte sie die Abenteuerlust gepackt und sie deshalb in diese abgeschiedene Gegend verschlagen.

Seine angespannten Nerven beruhigten sich. Aber sein Blut kochte immer noch. Die Gedanken an alte Scharmützel traten in den Vordergrund.

Helmkator gehörte einst zu einer berüchtigten Zwergenbande, die die Gegend um Dasia unsicher gemacht hatte und sich mit Karawanenüberfällen und gelegentlichen Raubzügen über Wasser hielt. Eines verfluchten Tages erschien Gahyr wie aus dem Nichts in ihrem Unterschlupf und schaltete die acht Zwerge mit wenigen gezielten Schlägen aus. Als sie wieder zu sich kamen, klärte er sie darüber auf dass ihre Machenschaften die Pläne des verhüllten Throns für Dasia störten. Er sprach ganz offen mit ihnen und erklärte, dass der vermummte Herrscher Kallaba an sich bringen und von da aus seine Macht auf das Festland ausbreiten würde. Er sprach von geplanten Aufständen in Dasia, die den Magistrat der Stadt zu Fall bringen und dem vermummten Herrscher die Macht bringen würden. Er sprach von Gruppen, ähnlich der ihren, die im Umland bereit ständen, um für den verhüllten Thron Partei zu ergreifen wenn die Zeit gekommen war. UND er ließ ihnen genau zwei Optionen: Das Zeitliche zu segnen oder sich dem vermummten Herrscher anzuschließen.

Die Entscheidung war schnell getroffen. Wer wollte schon gerne sterben? Gemeinsam machten sie sich auf den Weg nach Rabati, wo ein getarntes Handelsschiff sie aufnehmen und nach Masul, auf der Insel Thyrrus bringen sollte. Dort sollten sie ausgebildet werden. Gahyr predigte jeden Abend am Feuer von Strategien, Kampftechniken und Hierarchien die innerhalb der Gruppe installiert werden mussten. Helmkator war bereits am zweiten Abend bedient, er gab keinen Deut auf Hierarchien. Meistens waren Hierarchien gleichbedeutend mit: man bekam weniger von der Beute und musste tun was andere sagten. Bis zu diesem Tag hatten sie alles gleichberechtigt geplant und geteilt. Die Veränderungen schmeckten ihm gar nicht. Aber Flucht war keine Option. Nicht in der Wildnis. Man konnte sich ja die Sache einmal ansehen und sich später entscheiden.

Unterwegs sammelten sie weitere Mitstreiter auf; verschlagene Gesellen allesamt. Helmkator fand nie heraus, wie Gahyr das machte. Es war als würde er eine innere Liste abarbeiten oder diese Gesellen würden einfach an verabredeten Stellen auf ihn warten ohne selbst davon zu wissen. Es war einfach unheimlich, wie sie immer wieder auf die dreckigsten Lumpen Synkanas stießen, ohne vom eigentlichen Weg abzuweichen.

Gahyr war es dabei egal ob er auf Menschen, Elfen, Zwerge oder Orks traf, egal ob Mann oder Frau; er sah es ihren Augen an ob sie das Zeug dazu hatten dem verhüllten Thron zu dienen. „Der feuerrote Glanz des Wahnsinns", nannte er es einmal. Oder war es der feste Wille alles zu tun um selbst einen Vorteil zu erhalten?

Helmkator wusste es nicht, die meisten Gestalten stießen ihn einfach nur ab. Er war sicherlich kein unschuldiges Lämmchen aber er wollte kein Teil einer Organisation sein, die Irre in so großer Zahl sammelte. Er war eher der Einzelgänger.
Er machte einige Überfälle mit, die die ständig wachsende Gruppe ernährte, nahm am Waffentraining teil und nickte eifrig, als Gahyr ihnen eine goldene Zukunft versprach. Doch sein Plan stand fest: sobald sich die Möglichkeit ergab, würde er verschwinden!

Den letzten Schritt zu dieser Überzeugung erlangte er knapp eine Woche bevor sie Rabati erreichten. Gahyr führte sie zu einer kleinen Gruppe Piraten, die in einer abgelegenen Bucht ihren Rausch ausschliefen. Sie wurden von einer Zwergin namens Amprema angeführt. Alle, bis auf die Chefin wurden mit wenigen Schlägen besinnungslos geschlagen. Doch Amprema hielt sich tapfer. Sie war einfach nicht klein zu kriegen und kämpfte wie wild. Doch Gahyr wäre nicht er selbst gewesen, wenn er nicht alle schmutzigen Tricks des bewaffneten und unbewaffneten Kampfes gekannt hätte und so brachte sie eine kleine Unachtsamkeit schließlich doch noch zu Fall.

Wie gewohnt wurden alle gefesselt und man bediente sich reichlich an ihrem Diebesgut. Ebenfalls wie gewohnt, hielt Gahyr seine kleine Rede. Leben und dem verhüllten Thron dienen oder ab ins nasse Grab. Seine Augen sprühten vor Eifer und Ehrgeiz. Zwei von Ampremas Bundesgenossen weigerten sich, sich ihm anzuschließen. Aber Gahyr teilte sich ihnen unmissverständlich mit: „Alle oder keiner!" Bei diesen Worten waren die kleinen schwarzen Augen des feisten Mannes fest auf die Kapitänin gerichtet.

Diese zog unbeeindruckt ihre langen Messer aus dem Gürtel und schnitt den beiden mit einer flinken Bewegung die Kehlen durch, bevor die Männer mit den Wimpern zucken konnten. Sie trat auf Gahyr zu und verkündete mit siegessicherer Stimme: „Alle"!

Dieser Augenblick abgrundtiefer Durchtriebenheit gab Helmkator den Rest.

Rabati, 40. Komalatog im Jahr der Bergulmen

Als sie nach wenigen Tagen den Dunstkreis Rabatis erreichten, gab ihnen Gahyr genaueste Anweisungen. Einzeln oder in kleinen Gruppen sollten sie sich der Stadt nähern. Einige, die Bessergekleideten unter ihnen, hatten den Auftrag sich offizielle Passagen auf dem Handelsschiff „Seeadler" zu kaufen, denn Geld hatten sie seit der Aufnahme der Piraten mehr als genug.
Einige weitere, darunter auch Helmkator, sollten eine Hafentaverne namens „Zum Anker und Hecht" aufsuchen und sich dort von einem Mittelsmann als Mannschaft für das Schiff anwerben lassen.

Gegen Mittag brach der Zwerg auf, machte einen großen Bogen um die Stadt und betrat sie schließlich durch das südliche Stadttor. Mit diesem Schritt war er aus der Sicht der Gruppe entschwunden. Die hohen Stadtmauern und das unruhige Gewimmel in den Straßen, würden ihn, in Kombination mit seiner geringen Größe, für jedes neugierige Augenpaar unsichtbar machen.

Nun musste er nur noch in der Versenkung verschwinden bis das Handelsschiff abgelegt hatte. Aber wo? Sollte er eine Kleinigkeit stehlen und sich erwischen lassen? Einige Tage hinter Schloss und Riegel, bei voller Kost und Logis würde seinen Plänen durchaus entsprechen. Allerdings kannte er sich mit den Gesetzen in Rabati nicht aus. Statt einigen Tagen konnten ihn durchaus auch einige Jahre oder der Verlust einer Hand erwarten. Die Gesetzeslage änderte sich je nach Geschmack der Stadtherren. Darüber hinaus traute er Gahyr durchaus zu, auch bei den hiesigen Gesetzeshütern über Kontakte zu verfügen. Er verwarf den Plan.

Ihm fielen in den Straßen zahlreiche runde Abdeckungen auf, die auf eine Kanalisation hinwiesen. Er schnalzte mit der Zunge. Sicher nicht die angenehmste Lösung, wenn er an die Geruchsintensität solcher Lokalitäten dachte, aber zumindest eine Option.
Die Frage war lediglich, wie sollte er unbemerkt hineingelangen? Bis zur Nacht zu warten würde sein Problem ebenso wenig lösen, wie die weniger bevölkerten Teile der Stadt aufzusuchen. Er war in einer Hafenstadt in der das Leben tagein tagaus pulsierte. An jeder Ecke gab es neugierige Augen, die Informationen für einige Silberlinge an den Erstbesten verkauften.

Seine einzige Chance war, die alles unkenntlich machende, anonyme Menge. Er ließ sich im Gedränge mittreiben und hoffte auf eine erleuchtende Idee.
Gemeinsam mit vielen anderen namenlosen Menschen, Zwergen und Elfen schritt er durch belebte Straßen und schmuddelige Gassen. Er überquerte Plätze die gesäumt waren

von zwei- oder dreistöckigen, eng aneinander liegenden Wohn- und Geschäftshäusern. Die Rahmen der Fenster und Türen waren mit roter, blauer oder grüner Farbe gestrichen, die sich regelmäßig wiederholten und trotz des schlichten Weiß der Hausfassaden eine exotische Farbenpracht vermittelten.

Passende Stoffmarkisen schmückten die Läden der Händler und entsprechend gefärbte Kissen die Stühle der Straßencafes und Tavernen. Helmkator nahm dies eher am Rande wahr, suchte vielmehr nach einer zündenden Idee für ein gutes Versteck.
Der Strom der Passanten trug ihn auf einen geräumigen Platz hinaus, in dessen Mitte ein hoher Tempel aufragte. Ein halbes Dutzend granitene Stufen führten zu einer von Säulen umstandenen Halle, deren Kopfseite ein schlankes, alle umstehenden Gebäude überragendes Minarett aus Rubinat und Kalkstein zierte.

Da war SIE, die Idee!

Wenn er nur dort hinauf gelangen könnte…, er würde alles überblicken können und trotzdem würde ihn niemand sehen.
Das Gebäude machte einen leicht heruntergekommenen Eindruck. Wie die meisten Tempelanlagen Synkanas war auch sie nicht vom Niedergang verschont geblieben. Salz und Wind hatten deutliche Spuren an den aus rotem Stein gearbeiteten Friesen hinterlassen. Auch an den Zinnen des Minaretts klaffte die eine oder andere Lücke. Nun, mit der entsprechend zurechtgelegten Lüge auf den Lippen und einer überzeugend hohen Spende in der Hand sollte sich doch etwas machen lassen.

Keine fünfzehn Minuten später erklomm Helmkator die letzten Stufen zur obersten Plattform des Minaretts. Es war ein wunderbarer Ausblick von dort oben. Die Welt so klein unter den Füßen und der Himmel so nah dass man meinte ihn berühren zu können.

‚Hier oben könnte man glatt an die Götter glauben.', dachte er bei sich und erhoffte sich ein kleines bisschen Glück bei seinem Unterfangen; nur für den Fall, dass einer von ihnen zuhörte.

Die Angelegenheit hatte sich einfacher gestaltet als Helmkator angenommen hatte. Der grauhaarige, alte Priester hatte ihm die rührselige Geschichte mit der auf See vermissten Geliebten, zu deren Gedenken er einige stille Stunden in Abgeschiedenheit verbringen wollte, sofort abgenommen. Seine großzügige Spende, in zahlreichen Überfällen mühsam zusammengeraubt, hatte dankbare Hände gefunden und der vermeintlich Verstorbenen einige fromme Andachten eingebracht.

Helmkator würde es verschmerzen können. Geld war ersetzbar, seine Freiheit nicht. Er machte es sich zwischen den Zinnen gemütlich und besah sich das muntere Treiben an den Docks. Sehr zu seiner Freude hatte er einen grandiosen Blick auf die Hafenpromenade und die Kais. Ein grüner, mannshoher Anker, gekreuzt von einem ebenso großen Hecht, gemalt auf einer weißen Hauswand, kündete sogar vom Standort der Kneipe, in der er sich eigentlich bereits befinden sollte. Als er dies erkannte, hoffte er nicht zu sehr mit dem Feuer gespielt zu haben. Direkt vor ihrer Nase zündeln, das war ein Wagnis. Nein, es ließ sich nicht mehr ändern. Er hatte keine Zeit mehr, ein neues Versteck ausfindig zu machen. Die Suche nach ihm würde bald beginnen.

Die Stunden verstrichen. Die Sonne neigte sich dem Horizont entgegen. Das Schiff sollte bei Flut, mit dem Einbruch der Nacht auslaufen. Lange würde er nicht mehr warten müssen. Er hatte bereits einige seiner ehemaligen Spießgesellen eines der vertäuten Schiffe betreten sehen. Einige der zukünftigen Matrosen standen jedoch noch im Fackelschein vor der Taverne und sahen mehr oder weniger beunruhigt die Promenade hinauf und hinab.

Dann traf Gahyr ein. Der Fettklops von einem Mann war unverkennbar, selbst aus mehreren Dutzend Metern Höhe konnte man ausmachen, dass sein Erscheinen wie eine Bombe einschlug. Er brauchte genau eine Minute um die Lage zu erkennen und seine Befehle auszugeben. Und schon spritzten die vermeintlichen Matrosen auseinander, wie ein aufprallender Wassertropfen. Die Suche begann und die Zeit arbeitete für den Zwerg.

Das war die Gelegenheit für ihn, darüber nachzudenken wie er wieder aus der Stadt herauskommen wollte. Gahyr würde Mittel und Wege wissen die Stadttore mit Spitzeln zu versehen. Auch Gahyr selbst würde in der Stadt bleiben um von dort zu neuen Anwerbungen aufzubrechen. Seine Aufgabe bestand ausschließlich darin Leute ausfindig zu machen, die für den Dienst am verhüllten Thron geeignet waren und diese auf die bereitstehenden Schiffe zu bringen. Er würde also im Zweifelsfall beurteilen können, ob man den richtigen Zwerg am Schlafittchen hatte. Es hieß also sich weitestgehend unkenntlich zu machen.

Unten in seinem Lederrucksack befand sich ein kurzes rotes Cape mit Kapuze, das eigentlich für einen Menschen gearbeitet worden war. Er hatte es aus einer von Ampremas Schatztruhen mitgehen lassen ohne zu wissen, was er je damit anfangen würde. Die Kapuze war mit einer bronzefarbenen Borte bestickt, wie sie manche Handwerksgesellen auf Wanderschaft trugen. Das Cape war lang genug um bei einem Zwerg als Mantel durchzugehen, der bis zu den eisenbeschlagenen Stiefeln reichte.

Er hockte sich nieder und zog es hervor. Er krempelte die Ärmel hoch und nähte die breiten Umschläge mit wenigen Stichen fest. *‚Perfekt!'* Die würden ihm nicht mehr im Wege sein.

Seine Axt würde im Rucksack verschwinden müssen. Und wenn er sich gleich morgen einen Wanderstock besorgen würde? Ja, damit dürfte er die meisten unschönen Fragen aus der Welt schaffen können, bis es wieder Zeit war zur Waffe zu greifen.

Die Kapuze aufzusetzen würde zu viele Blicke auf sich ziehen. Mit einem tiefen Seufzen machte er sich daran seine unzähligen Zöpfe zu entflechten und das schulterlange Haar so lange mit einem Hornkamm zu bearbeiteten bis es glatt war. Nun wies kein verräterisches Löckchen mehr daraufhin, wie viele Monate er die aufwändige Frisur getragen hatte.

Entlang der Schläfen flocht er zwei dünne Zöpfe und rasierte sich jeweils zwei daumenbreite Lücken in jede Augenbraue, das Zeichen für den Gesellen zweiten Grades, auf der Suche nach einer Meisterausbildung.

Nun noch der Bart, abrasieren kam nicht in Frage. Auch hier verschwanden die Zöpfe. Allerdings streikte hier sein Barthaar und wollte sich nicht glätten lassen. Helmkator fluchte leise und überlegte: Ein einziger geflochtener Zopf würde sein Gesicht länger wirken lassen. Gesagt, getan. Den Lippenbart noch zu zwei Zöpfen geflochten und seine eigene Mutter würde ihn nicht wieder erkennen. Jetzt konnte er nur noch hoffen, dass ihn der Priester beim Verlassen des Turmes nicht über den Weg lief.

Seine Vorbereitungen waren abgeschlossen. Die Sonne versank mit einem letzten Aufglühen im Meer. An den Docks begannen die Vorbereitungen zum Auslaufen der Schiffe. Die scharfen Augen des Zwergs beobachteten alles genau und es begann sich bereits eine gewisse Erleichterung in ihm breit zu machen. Bald würde er in Sicherheit sein. Keine Viertelstunde später erklangen eilige Schritte auf der Treppe des Minaretts.

Der alte, von Gicht geplagte Priester kam nicht in Frage. *‚Wie groß ist die Chance, dass ausgerechnet heute noch jemand den Sternenhimmel betrachten möchte?'*, schoss es Helmkator durch den Kopf. Seine Hand schloss sich um die Axt, er hockte sich in den Schatten der Eingangssäulen, hob die Waffe, bereit jedem Verfolger ohne weitere Fragen die Knie ab zu rasieren.

„Essel!", hallte es durch sie zahlreichen Windungen zu ihm herauf. „Essel, verdammt noch mal bleib endlich stehen. Wir haben keine Zeit für diesen Unfug."

„Dies ist der einzige Ort der noch Sinn macht. Wir müssen sichergehen, sonst zieht uns Gahyr das Fell über die Ohren.", verkündete Essel und rannte weiter mit klatschenden Sohlen die Treppe hinauf.

„Selbst wenn, der kleine Wicht weiß doch jetzt das du kommst.", schallte es von unten hinauf. Helmkator nickte und wartete. „Willst du es wirklich auf einen Kampf ankommen lassen, Essel? Mir gefällt das nicht."

Essel schnaubte abfällig. „Als ob der Pimpf bei einem Kampf Mann gegen Mann eine Chance hätte." Helmkator zog die Augenbraue hoch. Er hatte vor Essel in diesem Punkt zu überraschen.

„Das Schiff läuft jeden Moment aus. Du weißt was mit uns passiert wenn wir dann nicht an Bord sind. Gahyr wird uns eigenhändig vierteilen. Zum Einen, damit wir nichts verraten und zum Anderen, weil du den Priester abgestochen hast."

Helmkator zuckte zusammen. Das hatte er nicht gewollt. Der arme alte Kerl hätte doch eh nur noch einige wenige Sonnenläufe vor sich gehabt. Er schob sein Kinn vor und fasste den Axtgriff fester. Ein weiterer Grund diese Brut zu zertreten.

„Okay Essel!", tönte es von unten. „Mir reicht es. Ich lasse mich nicht wegen dir und diesem vermaledeiten Knirps kaltstellen. Ich mache mich auf zum Schiff. Wir sehen uns in der Hölle wieder."

Die sich nähernden Schritte wurden zögerlicher und verklangen schließlich. Essel schien Zweifel zu bekommen. Er war schon fast zum Greifen nahe.

‚Dreh dich einfach um und geh!', dachte Helmkator eindringlich. Ein weiterer Schritt in seine Richtung. *‚Geh zurück zum Schiff.'* Der Zwerg hätte es Essel am liebsten entgegen geschrieen. *‚GEH! Dreh dich um und GEH!'*

Stille.

Einige leise und nicht jugendfreie Flüche erklangen, dann drehte sich Essel um und rannte die ausgetretenen Stufen wieder hinab. Schwer atmend lehnte Helmkator sich an die Wand des Minaretts und hielt seine bebenden Knie fest. *‚Das war knapp!'*

Als er wieder Luft bekam spähte er über die Zinnen und erkannte wie zwei Männer die Promenade entlang zum Kai rannten. Mit einem gewaltigen Sprung überbrückten sie den Abstand zum bereits ablegenden Schiff und verschwanden ein für alle Mal aus dem Leben des Zwerges. Nicht jedoch der beleibte Mann der scheinbar lässig am Eingang des „Zum Anker und Hecht" lehnte und dem Ablegemanöver zusah.

Gahyr war immer noch da. Fast konnte der Zwerg den forschenden Blick der kleinen schwarzen Augen auf sich spüren. Er zwang sich zur Ruhe. Jetzt nicht in Panik geraten.
Er raffte seine Sachen zusammen und sprintete die Treppe hinunter. Er musste verschwunden sein, bevor man den getöteten Priester entdeckte.

Die Tempelhalle lag in völliger Dunkelheit. Wahrscheinlich hatte Essel den alten Mann erwischt während dieser die Opferfeuer für die Nacht löschte. Vorsichtig setzte der Zwerg einen Fuß vor den anderen, stets den leicht beleuchteten Umriss des Ausgangs im Auge. Nur noch fünf Schritte, dann war er diesem verfluchten Gebäude entkommen. Noch vier, drei. Er konnte bereits die Mahlzeiten riechen die auf den Kochfeuern der Garküchen gekocht und gebraten wurde. Zwei, eins. „Den Göttern sei Dank!" entfuhr es seinen vor Anstrengung blutleeren Lippen.

Der Saum seines Mantels verfing sich und Helmkator stürzte schwer gegen den Türrahmen. Er wackelte vorsichtig mit dem Kopf, versuchte die Benommenheit abzuschütteln, die die pochende Beule auf einer Stirn hinterließ. Behutsam versuchte er sich aufzurichten, doch der Mantel hing immer noch irgendwo fest.

Kalter Schweiß bildete sich auf seiner Stirn. Er verlor wichtige Zeit, aber er brauchte den Mantel sonst kam er nicht aus der Stadt heraus. Gleichzeitig musste er von hier verschwinden; wegen der Leiche und wegen Gahyr.
Hastig streckte er sich nach dem Hindernis aus, versuchte den Mantel frei zu bekommen. Seine Hände fuhren über den Boden, ertasteten Nässe. Seine Hand fuhr zurück. Im Schein der Laternen erkannte er dunkle Flecken an seinen Fingern.
BLUT!

Hinter ihm stöhnte es leise. *‚Der Priester lebt noch!'*, fuhr es ihm durch den Sinn. Er musste seinen Mantel zu fassen bekommen und festgehalten haben. *‚Verdammt!'*
Helmkator verzog das Gesicht. Ein Funken Mitleid bildete sich in dem wurmstichigen Stück Holz das er Herz nannte.
Dieser Mann starb weil er ihm geholfen hatte. Diesem Mann verdankte er es, dass er nicht auf diesem Seelenverkäufer fest saß und in Richtung lebenslanger Knechtschaft segelte, *‚VERDAMMT!'*

Hastig zog er seinen Rucksack vom Rücken, tastete nach Feuerstein und Zunder und brachte es in dem Zwielicht irgendwie zustande sein kleines Talglicht zu entzünden.

Da lag der arme Kerl in seinem eigenen Blut. Die eine Hand bittend erhoben und mit der anderen hielt er immer noch den Mantelsaum des Zwerges umfasst.

„Ganz ruhig alter Knabe, ich lasse dich nicht alleine." Er streifte den Mantel ab, entzündete einige der Opferkerzen und besah sich die Verletzungen. Ein tiefer Stich unterhalb der Rippen und zwei weniger tiefe, die scheinbar von den Rippen abgeprallt waren. Lebenswichtige Organe waren wohl nicht betroffen, sonst hätte der Beste wohl schon längst das Zeitliche gesegnet.

Er riss ein Stück des Priestergewandes ab und verband den Alten notdürftig, was ein schwaches Lächeln auf das Gesicht des Mannes zauberte. Langsam und unter Schmerzen öffnete der Priester den Mund. Helmkator befürchtete fast, dass er um Hilfe schreien würde, doch lediglich geflüsterte Worte drangen an sein Ohr. „Ich wusste doch, dass etwas Gutes in dir steckt, Junge! Das habe ich gleich gesehen; nicht so wie das Pack, das mich niedergestochen hat."

Er fuhr schockiert zurück, rappelte sich mühsam auf die Beine, bereit zur Flucht. Nicht nur dass der Priester ihn wieder erkannte, nein, der Zwerg hatte das Gefühl der Mann könne ihm bis tief in die schwarze Seele schauen.

Mit vor Entsetzen weit aufgerissenen Augen starrte er auf den blutenden Mann hinab. Wenn er jetzt ging und nicht per Zufall jemand den Tempel betrat, würde er sterben.

Er stand vor der Entscheidung seines Lebens: Flucht und Ungewissheit, aber mit der Schuld eines weiteren unschuldigen Lebens auf den Schultern? Oder Ungewissheit mit der Option verhaftet und verurteilt zu werden, aber dafür seine Seele nicht weiter zu belasten?

Die Hand des Priesters ließ den Mantel los und streckte sich ihm entgegen. „Hab keine Angst, dein Geheimnis ist bei mir in Sicherheit."

Helmkator ergriff sie zögerlich. Der Priester griff ebenfalls zu. Erstaunlich fest, wie Helmkator fand. Der Zwerg schluckte und versuchte seine Unsicherheit zu überspielen. „Rede nicht so viel. Hast du hier irgendwo eine Kammer, in der wir dich auf ein Bett legen können? Du brauchst Ruhe!"

Der Alte nickte und deutete auf eine Tür hinter dem Altar. Helmkator schleppte den Priester mit großer Mühe in seine Kammer, besorgte eilig einen Heiler, dessen Namen ihm der alte Mann nannte und säuberte den Tempel während dieser den Priester behandelte.

Er wunderte sich über sich selbst aber als der Heiler die Kammer des Alten verließ, war er immer noch da.
„Beiam hat mir bereits alles erzählt von dem Überfall auf euch und wie du ihm beigestanden hast. Du hast sehr mutig gehandelt, Junge. Ich werde alles Weitere mit der Wache klären."
Er nahm Helmkators Kinn in die Hand und drehte seinen Kopf vorsichtig hin und her.
„Eine üble Beule hast du da, leider lässt sich da nicht viel machen, außer sie zu kühlen. Ich rate dir jedoch deine Wanderschaft für einige Tage zu unterbrechen und zu ruhen. Sollte dir schlecht werden, schicke nach mir." Damit wandte sich der Heiler ab und verließ den Tempel. Zurück blieb ein Zwerg der mit offenem Mund staunte.

†

Die nächsten Tage verbrachte der Zwerg mehr oder weniger in der Kammer des Priesters. Der Hauptmann der Wache war kurz bei ihnen gewesen und hatte sich den Bericht des Heilers bestätigen lassen. Der Silmas Tempel selber blieb geschlossen, ein Umstand der jedoch für die Bürger Rabatis keinen großen Unterschied zu machen schien. Kaum jemand verlangte Einlass. Sie lebten ihr Leben und ließen die beiden Männer in Frieden genesen.

Beiam erholte sich zusehends, was Helmkator sehr zu seinem Erstaunen erfreute. Wahrscheinlich wurde er langsam rührselig.

Der Priester war ein genügsamer Kranker und bat den Zwerg nur selten um Hilfe. Auch fragte er ihn nicht über seine Vergangenheit oder seine Taten aus. Er schien zu wissen, was er wissen musste und begnügte sich damit.

Helmkator war deshalb die meiste Zeit damit beschäftigt seinen eigenen Gedanken nachzuhängen. Und das war keine angenehme Gesellschaft.

Erst als Helmkator Beiam bei seinem ersten Ausgang begleitete und sie sich auf den sonnigen Stufen des Tempels ausruhten, sprach der Alte ihn persönlicher als gewohnt an.

„Hast du in Ruhe nachdenken können, Junge?"

Der Zwerg nickte.

„Willst du mit deinem Leben so weitermachen?"
Helmkator stutzte und sah den Alten von der Seite an; dann senkte er den Kopf und schüttelte ihn dabei leicht.
„Du kannst hier einen Neuanfang machen. Du kannst mein Lehrling werden oder besser mein Novize. Die passende Kutte hast du ja bereits." Er zupfte verschwörerisch zwinkernd an Helmkators Cape.
„Du hast keine Ahnung was du da verlangst Beiam und wenn du es wüsstest, würdest du mir den Vorschlag nicht machen!"
Beiam schmunzelte. „Du bist also der Ansicht Priester werden bereits heilig geboren, was?"

„So sollte es doch sein oder nicht?", fragte der Zwerg. „Und wenn nicht heilig so sollten sie doch zumindest das Gute in sich tragen. Ich für meinen Teil glaube nicht an die Götter und habe mein Leben entsprechend gelebt."

Beiam lachte laut und hielt sich den schmerzenden Körper. „Aus deinen Worten spricht mehr Glaube als manch einer meiner Mitbürger hier aufbringt." Seine Hand zeigte im Halbkreis über den Platz. „Aber wenn du möchtest, dann erzähle mir von deinem Leben."

Und Helmkator erzählte.

Das Gesicht des Alten wurde ernst „Eine schlimme Sache, mein Junge. Du sitzt ganz schön im Schlamassel und du bringst dich in Gefahr wenn du länger bei mir bleibst."
„Und dich!" nickte der Zwerg.
Beiam winkte ab. „Ich bin alt. Aber ich sehe ein, dass du nicht bleiben kannst. Wir werden dich morgen aus der Stadt schaffen. Ich kenne einige Leute denen ich vertraue und die mir noch einen Gefallen schulden."

†

In den frühen Morgenstunden des folgenden Tages befand sich der Zwerg in einem geschlossenen Karren auf dem Weg nach Burrok. Seine Reisegenossen waren eine Ladung frischer Fisch und ein Kutscher, der mindestens so stumm war wie seine eisgekühlte Ware.

In angemessener Entfernung zur Stadt entstieg ein fast steif gefrorener Helmkator dem Laderaum und dampfte neben dem Kutscher vor sich hin, während ihn die Morgensonne langsam auftaute.

Das alles war nun beinahe fünfundzwanzig Jahre her. Der Gedanke daran ließ es ihm immer noch eiskalt den Rücken herunter laufen und das lag nicht ausschließlich am kalten Fisch.

Der Zwerg hatte sich damals bis nach Maknova durchgeschlagen, nur um nach wenigen Wochen eine geradezu ernüchternde Erfahrung zu machen: Gahyr weilte ebenfalls in der Stadt.

Panik erfüllte ihn. Und das nächste Schiff hoch nach Vuswal war das seine geworden. Ohne die Stadt selbst auch nur zu betreten, zog er weiter in Richtung Xaxemm und Benim. Dann erblickte er den Quamtrem. Dieses wahrhaft gewaltige Massiv, das mit seinen Geschwisterbergen die Nord- von der Südhälfte Synkanas trennte.

Helmkator war sich sicher: der feiste Anwerber würde kaum die gesamte Wildnis nach ihm durchkämmen können. Er beschloss sich hier nieder zu lassen und bezog unbemerkt von den anwesenden Trollclans eine kleine Höhle am äußersten, westlichen Winkel des Hochplateaus.

Mit den Jahren erweiterte er die Höhle und baute davor die Hütte. Er ernährte sich von der Umgebung und verkaufte hin und wieder Felle und einige wenige geschürfte Edelsteine an die Händler von Xaxemm. Im Gegenzug deckte er sich dort mit Trockenbohnen, Dörrobst und anderen Nahrungsmitteln ein, die er nicht selbst produzieren konnte. Doch niemand kannte seinen Namen, alle nannten ihn nur den Einsiedler.

†

Den fünf Trollen verschlug es die Stimme, fragende Blicke wurden getauscht, Achseln gezuckt. Ehe sie sich versahen tauchte die Gestalt ihrer Verdächtigungen aus der Anonymität der Nacht auf, stellte sich artig vor und wollte mit ihnen reden. Einfach so. Das konnte ja heiter werden. Was führte er nur im Schilde? Es war DIE Gelegenheit es heraus zu finden.

Kralle fasste sich als Erster und rang die Überraschung nieder. Er winkte mit seiner improvisierten Fackel und rief zu dem Zwerg hinüber: „Kato ist dein Name, sagst du? Dann komm zu uns und setze dich ans Feuer." Er stellte sich selbst und seine immer noch zu Salzsäulen erstarrten Freunde vor und setzte sich ebenfalls.

„Es tut uns leid, wenn wir dich in deiner Abgeschiedenheit gestört haben, wir sind eher durch Zufall auf deine Hütte gestoßen. Ich war neugierig und habe durch das Fenster gespäht. Hoffentlich kannst du das verzeihen.", er lächelte auf die kleine Gestalt hinab, die zwar zerbrechlich aussah, aber es ganz sicher nicht war.

Kato starrte überrascht zu ihm hinauf. *‚Entwaffnende Offenheit bei einem Troll? Interessant'*, dachte er sich. „Dann war unser beinahe Zusammentreffen am Bach ebenfalls ein Zufall?"

Nun mischte sich Skar in das Gespräch ein. „Das war es tatsächlich. Ein Freund von uns hatte in den letzten Wochen eine sehr schwere Zeit. Er besuchte die Höhle am Bach bis dahin regelmäßig. Wir wollten herausfinden ob der Ort etwas mit der Sache zu tun hat." Unglaube und ein Quäntchen Ungeduld garnierten seinen Ausruf, doch der Zwerg nahm es gelassen.

Spalter warf seinem Freund einen entsetzten Blick zu, doch Skar zuckte nur mit den Schultern. Angriff war die beste Verteidigung!

„Und warum habt ihr euch dann vor mir versteckte?", hakte Kato nach.

„Nun,…", meinte Skar bedächtig. „wahrscheinlich aus dem gleichem Grund aus dem du so getan hast, als hättest du uns nicht gesehen. Zwerge und Trolle sind weithin nicht grade als beste Freunde bekannt. Nicht wahr?"
Kato lächelte. „Aber ich bin nur ein einfacher, kleiner Zwerg und ihr seid fünf große, starke Trolle."
„Aber sicher Kato! Und meine Großmutter ist ein Vlahn. Sie produziert ihre eigene Wolle, indem sich sich morgens rasiert.", versicherte Skar mit treuem Augenaufschlag, den Lissa als ihren eigenen erkannte. *,Verdammt, er kopiert mich! Na warte.'*

Der Zwerg lachte schallend und stieß sanft seine Faust gegen Skars Knie. „Du bist goldrichtig, Junge. Und nicht auf den Mund gefallen. Aber nun lasst mich mal überlegen…ein kleiner Toll sagt ihr…beim Höhlenbach? Hat er immerzu Steine gesammelt und würde nicht einmal ein Rudel Wölfe bemerken, wenn er von diesem nicht gerade über den Haufen gerannt würde? Ja, ihn habe ich häufig gesehen. Geht es ihm mittlerweile wieder gut?"

Skar nickte: „Ja, das muss Hennen gewesen sein; und nein, es geht ihm sogar sehr schlecht."
Sorgenfalten bildeten sich auf Katos Stirn. „Ich kann euch ehrlich nicht sagen was dem Jungen passiert ist, er tauchte einfach irgendwann nicht mehr auf. Gab es einen Unfall oder so? Wenn ja, davon weiß ich nichts. Was ich allerdings weiß ist, dass hier etwas nicht mit rechten Dingen zugeht." Er schürzte die Lippen, als hätte er bereits zuviel gesagt; doch dann gab er sich einen Ruck. „Vielleicht haltet ihr mich jetzt

für verrückt und vielleicht ist das auch besser so, weil ihr euch dann aus dieser Gegend fern halten werdet. Ich möchte auf jeden Fall vermeiden, dass irgendjemandem etwas passiert. Ich sage euch ganz unumwunden wie es sich verhält und ich hoffe, ihr zieht die richtigen Schlüsse daraus."

Der Zwerg atmete tief durch und die Trolle beugten sich erwartungsvoll vor.

„Also: es ist ganz einfach: Ich beginne eine Arbeit und plötzlich erwache ich in meinem Bett. Mir fehlen halbe Tage und ich weiß weder was in der Zwischenzeit mit mir passiert ist, noch kenne ich die Ursache dafür."

Lissa schnappte nach Luft und die Jungens warfen sich vielsagende Blicke zu. War das ein Schuldeingeständnis? Oder war der Zwerg einfach irre?

†

Quamtrem, 35. Phanistog im Jahr des Thorweg, 12:35 Uhr

Wie kam er beim Anblick von den Fußspuren einiger Trollkinder nur auf solche wirren Gedanken? *,Meine Güte, das ist alles eine Ewigkeit her!'* Helmkator schüttelte den Kopf und damit die Schatten der Vergangenheit ab. Heutzutage würde ihn selbst Gahyr nicht mehr erkennen. Er war außer Gefahr; wenn da nur nicht diese Lücken in seinem Geist wären.

Er beschloss diesen Abend Sägespäne auszustreuen, vielleicht würde ihm dies einige neue Erkenntnisse bringen. Er begab sich zurück in seine Hütte und erledigte die nötigsten Hausarbeiten. Nach dem Essen nahm er den Sack Späne mit, die er sonst zum Entzünden der größeren Scheite verwendete, öffnete das Tor zur Höhle und trat hinein.

Hier hatte einst alles begonnen. Als er damals die Höhle fand hatte er sich für den größten Glückspilz der Welt gehalten. Sie bestand aus drei geräumigen Kammern. Ein kräftiger unterirdischer Strom musste hier einst mit großer Gewalt gewirbelt haben. Die Wände waren nahezu glatt geschliffen.

In der ersten Kammer richtete er sich häuslich ein. In der zweiten stieß er auf eine viel versprechende Gesteinsschicht, aus welcher der unterirdische Fluss vor langer Zeit einzelne Edelsteine frei gespült hatte. Er musste sie nur noch sauber aus dem Felsgestein schlagen. Die dritte Kammer wurde zu seiner Werkstatt. Hier bearbeitete er die Felle und Edelsteine oder baute seine Möbel.

An der tiefsten Stelle der Höhle stieß er auf das unterirdische Gewässer, das in Urzeiten für die Entstehung der Höhle verantwortlich gewesen sein musste. In den Jahrtausenden gezähmt, floss es an der einen Seite in die Halle ein, bildete dort einen kleinen, heftig strudelnden See und floss an der anderen Seite der Halle gemächlich ab.
In den ersten Jahren war er versucht gewesen, das unterirdische Kanalsystem des Flusses zu untersuchen, doch Wassertemperatur und Strömung hielten ihn von zu großem Forscherdrang ab. Allein und ohne Sicherung wäre es glatter Selbstmord gewesen und dafür hatte er sich definitiv zu viel Mühe gemacht zu überleben.

Das eiskalte Wasser war jedoch eine hervorragende Trinkwasserquelle und gute Kühlung für seine Speisen. Fürs Badewasser, musste er es allerdings über dem Feuer erwärmen.

Er verschloss den Höhleneingang mit einem stabilen Tor und konnte so einer kleineren Invasion standhalten. Über die Jahre vermisste er allerdings mehr und mehr das Tageslicht. Er wurde schwermütig und griesgrämig. So beschloss er vor dem Eingang eine Hütte zu errichten und die Höhle lediglich als Lagerplatz und Werkstatt zu nutzen.

Er sah es als Herausforderung an, seine Möbel ein wenig aufwendiger zu gestalten als beim ersten Mal und die neuen Aufgaben stimmten ihn fröhlicher.

†

Die Jahre zogen ins Land und Helmkator vermisste das Stadtleben nicht im Geringsten. Das einzige das ihm hier auf die Nerven gehen konnte war der spitze Ruf des Quamtremhähnchens, ganz besonders morgens in der Früh. Er rächte sich, in dem er einige der farbenprächtigen Gesellen seinem Kochtopf hinzufügte.

Jeweils zu Beginn des Frühjahrs, Sommers und Herbstes machte er sich auf nach Xaxemm, ein festungsähnlicher Außenposten des königlichen Stadtstaats Vuswal. Er tauschte seine Juwelen und Pelze gegen all die Dinge ein, die benötigte: Nadeln und Garn, neue Werkzeuge, Samen und Trockenfisch gehörten ebenso dazu wie einige Flaschen Wein und das eine oder andere kleine Fässchen Bier. Man musste für die langen Winterabende vorsorgen.

Gelegentlich gelang es ihm ein neues Buch oder einige alte Zeitungen zu erwerben, um wenigstens einigermaßen über die Dinge auf Maldoron informiert zu bleiben.

Er wunderte sich stets aufs Neue, dass der verhüllte Thron nach all den Jahren immer noch still hielt. Seine Soldaten wurden schließlich auch nicht jünger.

Irgendwann stieß er auf Nachrichten aus dem Süd-Westen. Der vermummte Herrscher hatte losgeschlagen und sich mit seinen Truppen der Hafenstadt Somfren bemächtigt. Er nahm die gesamte Bevölkerung als Geiseln und riegelte die Stadt komplett gegen die Außenwelt ab.

Ganz Synkana empörte sich darüber und sah trotzdem tatenlos zu. Das war vor dreizehn Jahren gewesen, wenn er sich recht entsann. Ein oder zwei Jahre später dann der nächste Schlag. Die ohnehin schon gebeutelten Orks sollten aus den Sümpfen des Falberion vertrieben und, wenn Helmkator die wenigen unvollständigen Berichte richtig deutete, vernichtet werden.

Der Zwerg hatte nicht die geringste Ahnung was die Orks den mächtigen Truppen des Herrschers entgegenzusetzen hatten. Fakt war, die Orkdörfer am Rande der Sümpfe wurden zerstört. Die Sümpfe hingegen waren jedoch nach einem missglückten Angriff nicht weiter angetastet worden. Die Berichte waren unvollständig und nicht gerade aussagekräftig. Das Volk der Orks war nicht sehr groß und schien bei der Presse keine Lobby zu besitzen. Mehr als eine Randnotiz waren sie ihnen nicht wert.

Danach war es still geworden. Die Völker hatten sich entspannt und waren nach all den Jahren der Überzeugung, dass der Despot wohl seine, sich selbst gesteckten Ziele erreicht hatte. Doch Helmkator traute dem Braten nicht. Seit er das erste Mal vom verhüllten Thron gehört hatte, hatten bei ihm die Alarmglocken Sturm geläutet. Er blieb also auch weiterhin in seinen Bergen. Wo hätte er auch hingesollt? Er hatte keine Familie und keine Freunde. War es das was ihn so aus dem Konzept brachte?

Diese fünf Trolle waren gemeinsam auf Abenteuer ausgezogen. Sie waren Freunde. Sie waren Geheimnissen auf der Spur. War er tief in seinem Innern neidisch? Er wusste es nicht. Er war einsam, ja, aber besser einsam als tot. Helmkator zuckte mit den Schultern und machte sich an die Arbeit.

Er streute die Sägespäne an beiden Ausgängen seiner Hütte aus. Er würde schon herausfinden was er in den fehlenden Stunden so trieb. Anschließend aß er zu Abend und legte sich schlafen.

Als er am nächsten Morgen erwachte, wusste er bereits dass etwas nicht stimmte. Er trug Stiefel! Wie ein Pfeil schoss er aus dem Bett auf den Ausgang zu. Der breite Streifen Späne lag unberührt vor ihm. Helmkator stutzte. Wie konnte das sein? Er hätte Stein und Bein darauf geschworen, dass er sich in diesen Stunden nach draußen begab, einem Nachtwandler gleich. Ohne große Hoffnung und nur um die Option auszuschließen, wandte er sich dem Höhleneingang zu.

Überrascht trat er näher. Zahlreiche Fußspuren verunstalteten die ordentlich ausgelegten Späne. Er muss mindesten einmal im Höhlensystem gewesen sein. Mit einer Fackel bewaffnet öffnete er das stabile Tor und trat in die Dunkelheit des Berges. Wie es der Natur seines kleinwüchsigen Volkes entsprach, hatte auch Helmkator in Minen und Höhlen nie Angst verspürt. Heute jedoch legte sich ein Schatten über seine Seele. Er wurde von einer seltsamen Unruhe erfasst als er dem gewundenen Gang zur ersten Höhle hinab folgte. Irgendetwas stimmte ganz und gar nicht. Warum sollte er in den Stunden, die ihm abhanden kamen, was ja oft genug mitten am Tage geschah, in die Höhle hinab laufen? Wenn es nur mitten in der Nacht geschehen würde, wäre er bereit gewesen zu akzeptieren, dass sein Unterbewusstsein den Schutz der Höhle suchte. Aber so? Er war oben auf dem Quamtrem keiner akuten Gefahr ausgesetzt. Sicher, die Troll-Clans wären nicht erfreut wenn sie durch die Kinder von seiner Anwesenheit erführen, aber er würde schon mit ihnen einig werden. Schließlich hatte er niemandem etwas getan und es war mehr als ersichtlich, dass er hier schon länger hauste.

Wenn er genau darüber nachdachte, fing die ganze Angelegenheit mit dem Zeitverlust vor ungefähr einem halben Jahr an. Aussetzer, manchmal nur ein paar Minuten, manchmal ein halber Tag. Komischerweise passierte es nie wenn er unterwegs war; ob es auf seinen Wanderungen nach Xaxemm war oder wenn er im Wald zu tun hatte. Baumfällarbeiten, Fallenkontrollen und die Pilzernten verliefen ebenso störungsfrei wie die Arbeiten auf seinem kleinen Feld. Selbst beim einschläfernden Angeln blieb er hellwach. Es war zum Verzweifeln.

Der Zwerg trat um eine dieser seltsam blank geschmirgelten Kurven seiner Höhle und erreichte die erste Kammer. Seit er sich die Hütte errichtet hatte, diente die ehemalige Wohnhöhle als Lebensmittellager. Einige selbst gezimmerte Regale enthielten gut verschlossene Kisten mit Bohnen, Linsen und Erbsen, sowie getrockneten Äpfeln. Daneben standen Säcke mit Mehl und Salz. Fleisch von einem Hirsch, zwei Wildsauen und einem Dutzend Fischen hing gesalzen zum Trocknen von der Höhlendecke herab. Neben der gut gefüllten Kartoffelkiste hingen ganze Reihen von Zwiebelzöpfen, getrockneten Pilzen und Kräutern. Alles war in Ordnung und an seinem Platz.

Auf der rechten Seite standen fünf kleine Butterfässchen, sein Bierfass und ein niedriges Regal mit einigen wenigen Weinflaschen. Da er nur zu seinem Geburtstag eine Flasche zu öffnen pflegte, hatte er nie sehr viel Wein vorrätig.
Den Abschluss bildete ein kleines Fässchen mit wildem Honig. Auch hier sah er keine Veränderung zum Vortag. Er seufzte und folgte den Gang tiefer in die Höhle hinein.

Mehrere Windungen später gab der Gang den Blick auf die zweite Höhle frei. Hier befanden sich seine Werkzeuge für die Feldarbeit, zur Holzbearbeitung und den Bergbau. Letzteres führte er nur noch selten aus. Er hatte dem Berg genug Edelsteine abgerungen, um den Rest seines Lebens in relativem Wohlstand verbringen zu können. Es würde selbst dann reichen, wenn er sich eines Besseren besinnen und in die Welt dort draußen zurückkehren würde.

Aber hier auf dem Berg hatte er alles was er brauchte. Die wenigen Lebensmittel die er zukaufen musste, waren kaum der Rede wert. Er beglich die Rechnungen in der Zwergenfestung Xaxemm in der Regel mit Fellen; allein schon aus dem Grund, weil er niemanden auf den Gedanken bringen wollte ihm zu folgen, nur weil seine Gier auf Edelsteine geweckt war. Nur selten griff er auf die Steine zurück und das lediglich bei vertrauensvollen Händlern, die er schon seit Jahren kannte und die er gut einzuschätzen glaubte.

Die bearbeiteten Pelze und Felle hingen auf langen Leinen. In einigen Wochen würde er sich wieder auf den langen Weg nach Xaxemm machen müssen, denn sein Lager war fast voll. Vielleicht hatte ihm der Händler Ingasvar wieder einige alte Zeitungsexemplare beiseite gelegt. Doch das sollte jetzt seine geringste Sorge sein. Er schob sich an der Arbeitsplatte und der Werkbank vorbei auf den Ausgang zu.

Die nächste und letzte Kammer war nur wenige Windungen entfernt. Hier lagerten zwar nur einige Holzvorräte aber er warf trotzdem einen Blick hinein. Nichts! Nichts was seinen nächtlichen Rundgang veranlasst haben könnte. Selbst die ehemalige „Mine", ein Teil der Kammer in dem immer noch einige Edelsteine im Gestein schimmerten, war unberührt.

Nun blieb nur noch die Kaverne. Der abschüssige Gang führte weiter in die Tiefe. Es folgten einige scharfe Richtungswechsel, bis der Pfad sich zu einer weiten Galerie öffnete. Die linke Seite war normale Felswand, die rechte Seite jedoch war mit Basaltsäulen durchzogen. Die Zwischenräume aus normalem Gestein waren über die Jahrtausende fort gewaschen worden. Das Wasser des Urzeitstroms hatte nur die harten Felssäulen stehen lassen, die den Blick in den riesigen Hohlraum freigaben, wie eine Reihe Fenster. Der Boden der Galerie war nach Norden hin abschüssig und führte gemächlich auf das Bodenniveau der Kaverne hinab, die sich über ihm zu einer riesigen Halle mit Kuppeldecke wölbte.

Er folgte dem mit Steinen und großen Basaltbrocken bedeckten Boden bis er das Ufer des unterirdischen Flusses, der den Höhlensees speiste, erreichte. Das eisige Wasser kräuselte sich, wo ihm Gesteinsbrocken im Weg lagen. Im hinteren Teil des Sees, verdeckt von einer weit in den Raum ragenden Felsnase, gab es sogar einen Strudel, der das Wasser so sehr in Unruhe versetzte, dass Helmkator den Boden nicht ausmachen konnte.

Es interessierte ihn schon seit Jahren wie tief sein persönlicher See eigentlich war; doch die Kälte des Wassers hatte ihn auch stets von dieser Expedition abgehalten.

Nun, auch hier fand sich nichts Ungewöhnliches. Der Zwerg zuckte mit den Achseln, vielleicht sollte er die einzelnen Hallen ebenfalls mit Sägespänen präparieren. Wenn er wusste wo genau er sich aufhielt, ließ sich vielleicht doch eine Veränderung finden die ihm jetzt entging.

Helmkator entschied, dass er genug Zeit mit der Klärung dieser seltsamen Vorkommnisse verschwendet hatte. Er hatte auch noch andere Aufgaben, die auf ihn warteten. Zum Beispiel musste er seine Fallen kontrollieren. Wenn er damit zu lange wartete, würden sich die Räuber des Waldes, wie Fuchs oder Wolf, an seinen Fängen gütlich tun. Er machte auf dem Absatz kehrt, holte seinen Rucksack aus seiner Hütte, löschte die Fackel und machte sich auf den Weg in den Wald.

†

Helmkator legte seine Fallen stets im hinteren Teil des Plateaus, zwischen Hammerkopfgipfel und Orgratgipfel aus. Dieser Teil des Ostwaldes hatte ein hohes Aufkommen an Grabits und Felsbeißern und das kam ihm sehr gelegen. Die Trollclans bevorzugten größeres Wild und ließen sich generell in dieser Gegend selten blicken. Ihre Jagdgründe orientierten sich mehr zur Mitte des Plateaus hin. Umso mehr überraschte es den Zwerg, als er am Ausgang der kleinen Schlucht, die zu der Höhlenquelle führte, Bewegungen im Wald ausmachte.

Seine jahrelangen Erfahrungen im Fährtenlesen offenbarten ihm die Anwesenheit der gleichen Trollkinder, die an seiner Hütte aufgetaucht waren. Das sie versuchten sich vor ihm zu verstecken wertete er nicht automatisch negativ. Vielleicht spielten sie irgendein Spiel… Versteckt-euch-vor-dem-bösen-Zwerg-oder-ihr-werdet-gefressen oder etwas in der Art.

Sollte er sie ansprechen? Sollte er sie warnen? Er hielt inne. Wovor wollte er sie denn warnen? Der Zwerg bückte sich nach einer seiner Fallen und hantierte ein wenig länger als nötig an ihr herum. Er wollte Zeit gewinnen. Wenn sie ihn von sich aus ansprachen, ergaben sich vielleicht Möglichkeiten. Aber die Zeit verging, das gefangene Grabit hing an seinem Rucksack und die Falle war mit einem neuen Köder bestückt (einem selbstgezüchteten, verführerischen Modell der Marke Mohrrübe). Nun gab es keine Ausreden mehr. Wenn er noch länger blieb, würde es verdächtig wirken.

Helmkator zog weiter seines Wegs. Langsam, gemächlich, unverdächtig. Nach einigen hundert Metern trat er nach rechts zwischen die Büsche und ging hinter einem besonders dichten und buschigen Exemplar einer Knorpelesche in Deckung. Man verfolgte ihn nicht, das wusste er ganz bestimmt. Kleine Trolle hatten ein ähnliches Schleichverhalten wie dasianische Kriegselefanten. Man hörte sie meist zehn Meilen gegen den Wind, bis sie irgendwann die Jagd erlernten und dann schlagartig auf ihren pelzigen Zehen daher schleichen konnten. Helmkator hingegen konnte hervorragend schleichen. Er machte kehrt und sah zu wie sich das größte der Trollkinder, jenes mit dem langen geflochtenen schwarzen Haar sich über seine Grabitfalle beugte.

Das laute Zuschnappen ließ ihm fast das Herz stehen bleiben. Er hatte schon erlebt wie erwachsene Männer sich durch Unachtsamkeit übel die Hand zerquetscht hatten. Wie mochte so eine Falle auf ein Kind wirken, selbst wenn es so groß war wie ein Troll? Er hatte sich vorher nie Gedanken über so etwas gemacht. Helmkator hielt den Atem an, aber das erwartete Geschrei blieb aus. Und da sah er den Stock an dem die zugeschnappte Falle steckte. Er atmete erleichtert aus. Wenige Augenblicke später brachen die Trolle auf und auch Helmkator kehrte in seine Hütte zurück.

Er legte die beiden Grabits auf dem Küchentisch ab und sah sich um. Es herrschte eine seltsame Unruhe in ihm. Irgendetwas lag in der Luft, aber er konnte nicht sagen was es war. Zum ersten Mal in all den Jahren fühlte er sich in seinem Zuhause unwohl. Fast fluchtartig lief er zurück in den Wald.

†

Helmkator streunte ziemlich planlos durch die aufkommende Dunkelheit, ohne Ziel und Absicht. Er lief einfach wohin ihn seine Füße trugen und stieß plötzlich auf Feuerschein. Genau vor ihm drang der Schein eines Lagerfeuers durch die dicht stehenden Stämme. Der Zwerg trat näher heran.

Da waren sie wieder, die Trollkinder. Drei Mal an einem einzigen Tag, wenn das kein Zeichen war. Er kaute auf den Haarspitzen seiner geflochtenen Zöpfe, wie immer wenn er unentschlossen war. Was sollte er nur tun? Er wollte die Kinder zumindest warnen, dass diese Gegend hier nicht geheuer war.

Natürlich wusste er von dem alten Zwist zwischen Zwergen und Trollen. Es war nie zu einem offenen Krieg gekommen, aber mit unhöflichem Gerangel musste man schon rechnen, wenn die beiden Rassen aufeinander trafen. Nun, zumindest bei den weniger intellektuell Begabten. Die Trolle dort am Lagerfeuer machten allerdings nicht den dümmsten aller Eindrücke. ABER es waren Kinder. Kinder bekamen schnell Angst, wenn er sich Recht erinnerte. Und diese Kinder waren immerhin zwischen zwei und dreieinhalb Meter groß. Das konnte auch ihm gefährlich werden. *„Am besten, gehe ich ein Stück zurück und mache viel Radau.'*, so dachte er sich, *„So können sie sich an den Gedanken gewöhnen, dass jemand kommt. Im Zweifelsfall können sie immer noch weglaufen und niemandem passiert etwas.'* Er seufzte. „Ich versuche es!"

†

<u>Quamtrem, 36. Phanistog im Jahr des Thorweg, 21:48 Uhr</u>

„Wie bitte?", krächzte er, die Stimme von der langen Einsamkeit immer noch leicht belegt. Die Frage des jungen Trolls an seiner Seite hatte ihn aus seinen Erinnerungen gerissen. Er wandte seine Augen vom Feuer ab auf das er seit geraumer Zeit gestarrt hatte. „Was hast du gesagt?"
Skar räusperte sich, ihm war gar nicht wohl in seiner Haut. Dieser Zwerg war ihm unheimlich. Er hatte bereits befürchtet, dass der Zwerg einen seiner seltsamen Blackouts hatte und war froh, als dieser wider Erwarten reagierte. Sie hatten schon befürchtet, dass der kleine Wicht auf sie losgehen würde.
Spalter lies seinen vorsorglich erhobenen Knüppel mit einem erleichtert klingenden Seufzer sinken.
„Ich sagte: Bist du dir darüber im Klaren, dass in den letzten Jahren einige Trollkinder auf nimmer Wiedersehen verschwunden sind?", wiederholte Skar die Frage.

Die Kinnlade des Zwerges gab hinsichtlich des Verdachts, der unausgesprochen mitklang, zitternd nach und sackte nach unten. „Wie … meinst du das?", fragte er tonlos. Helmkators Gedanken rasten. Hatte er etwas mit dieser Sache zu tun? Er schluckte heftig „Auf nimmer wieder sehen? Kinder?" Entsetzen breitete sich auf seinem bärtigen Gesicht aus.

Kralle gab ihm im Geiste die Bestnote. Kein Schauspieler in ganz Synkana hätte so gekonnt die Farbe aus dem Gesicht weichen lassen können. Dieser Zwerg hatte echte Panik.

‚Er hat tatsächlich Angst den Kindern etwas angetan zu haben.‘, dachte Skar bei sich. „Und du kannst dich definitiv nicht daran erinnern was in den Stunden deiner „Abwesenheit" passiert? Noch nicht einmal eine Ahnung?"
Der Zwerg ließ betrübt den Kopf sinken. „Nicht die geringste. Außer das ich einem Kind im wachen Zustand niemals etwas antun würde, kann ich nichts zu meiner Verteidigung vorbringen." Er seufzte tief. „Ich habe gestern Nacht Sägespäne ausgestreut um der Sache auf den Grund zu gehen. Ich scheine meine Hütte nicht verlassen zu haben, ich habe lediglich die Tür zur Höhle benutzt, was auch immer ich dort getrieben habe." Er schüttelte traurig den Kopf.
„Hat die Höhle einen zweiten Ausgang?", fragte Kvin. Der Zwerg schüttelte den Kopf. „Ganz sicher nicht, höchstens einen Abfluss. Allerdings wäre ich dann nass und definitiv unterkühlt gewesen, als ich erwachte." Kvin nickte, woraufhin Skar und Kralle abwechselnd von den Fällen der Verschwundenen berichteten. Sie wurden lediglich von zwei unqualifizierten Einwürfen Spalters unterbrochen, der bereits von der Schuld des Zwerges überzeugt war.
„Nun gib es doch einfach zu, dass du es warst. Du bist eh der Einzige der infrage kommt!", fauchte er den Zwerg über das Feuer hinweg an.
Er gab erst Ruhe, als Kvin den Kopf in den Nacken schob und die Augenbrauen anhob.

Helmkator ließ das Lamento mit traurigen Augen und ohne Widerspruch über sich ergehen.
„Es tut mir entsetzlich leid, Junge. Ich würde es zugeben wenn ich es könnte. Denn wer unschuldigen Kindern etwas antut, gehört aus dem Verkehr gezogen. Aber bei diesen Erzählungen rührt sich gar nichts in meinem Kopf. Das einzige Kind das ich tatsächlich gesehen habe, ist der kleine Steinsammler. An ihn

erinnere ich mich gut; ihn habe ich recht häufig gesehen. Immer die Nase zum Boden gerichtet. Er kam häufig zur Quelle und hielt Ausschau nach neuen Steinen. Ich glaube nicht, dass er mich je bemerkt hat." Erneut schüttelte er betreten den Kopf. „Aber ich habe nie ein Wort mit ihm gewechselt oder wissentlich Hand an ihn gelegt. Ist er immer noch verschwunden?", fragte er ohne jede Hoffnung. „Ich habe ihn lange nicht mehr gesehen."

„Er wurde vor einigen Wochen gefunden, nachdem er fast zwanzig Tage verschwunden war. Er traut sich nun noch nicht einmal mehr alleine vor die eigene Haustür.", erklärte Kralle knapp.

„Er ist nicht mehr richtig im Kopf.", rief Spalter erbost dazwischen.

„Hör sofort auf so von Hennen zu reden.", kam es von Lissas Platz. Bisher war sie, hinter Skars Schulter mit weit aufgerissenen Augen hervorspähend, diesem ungewöhnlichen Gespräch gefolgt. Sie hatte sich nicht getraut einen Beitrag zu leisten; aber so wie Spalter, durfte keiner über ihren Freund reden. Selbst der Zwerg zeigte mehr Respekt und Zwerge konnten Trolle nicht einmal leiden. Das wusste schließlich jeder. Sie funkelte den Freund ihres Bruders böse an, den das jedoch wenig beeindruckte.

„Du hast doch gar keine Ahnung wovon du redest! Du bist viel zu klein um zu verstehen was hier vor sich geht!", behauptete Spalter selbstgefällig.

Skar erhob sich, „Orf, es reicht!"

Lissa war mit einem Satz an Skar vorbei, schoss um das Lagerfeuer herum und trommelte mit den Fäusten auf die Brust des vollkommen überraschten Spalter ein. Er rutschte mit einem lauten Quieken von dem Baumstamm, der ihm als Stuhl diente und landete mit dem Hintern im Dreck.

Kvin streckte seine riesige Pranke aus und schnappte sich das Trollmädchen bevor diese endgültig über seinen missratenen Freund herfallen konnte.

„Lass gut sein Lissa!", brummte Kvin.

Der Kleinen standen die Tränen in den Augen. „Er soll nicht immer so gemein sein. Er hat noch nie ein Wort mit Hennen gewechselt. Woher will er wissen, dass er nicht mehr ganz richtig im Kopf ist?"

Skar kam um das Feuer herum und schloss die Arme tröstend um Lissa. „Orf hat keine Ahnung. Er hat Angst, das ist alles. Er will eine einfache Lösung finden und sich dann wieder seinem gewohnten Leben zuwenden. Vergiss ihn."
„Und Hennen?", heulte Lissa nun noch lauter.
„Ich weiß es nicht Kleines. Ich bin kein Heiler. Vielleicht braucht er einfach nur noch etwas Zeit." Hilflos tätschelte er die zuckenden Schultern seiner kleinen Schwester. Er richtete einen strafenden Blick auf Spalter. „Und du hast für heute genug angerichtet, meinst du nicht auch?"

Kvin nickte vorsorglich, woraufhin Spalter die Schultern hängen ließ.
„Tschuldigung." Kam es kläglich aus dem Dreck zu ihren Füßen.
„Nun, wie auch immer…, um auf die verschwundenen Trollkinder zurückzukommen…". Begann Skar, er drehte sich zu dem Zwerg um und hielt abrupt inne.

†

Quamtrem, 36. Phanistog im Jahr des Thorweg, 21:54 Uhr

Helmkator rannte wie von Sinnen durch die Dunkelheit. Stechginster Zweige schlugen ihm gegen die Beine, doch das hielt ihn nicht auf. Tränen liefen über seine Wangen, Tränen der Verzweiflung. Er hatte sich von den Schergen des vermummten Herrschers losgesagt damit er nicht gezwungen war Unschuldige zu töten.

Es war falsch Kinder, Frauen und Alte zu töten. Töten war grundsätzlich falsch. Aber was hatte das für einen Sinn völlig Unbeteiligte zu bedrohen? Das war feige.

Helmkator war nie feige gewesen und wollte es auch nicht sein. Er hatte sich immer nur denen gestellt die eine Waffe hatten und sich damit auch zu wehren wussten. Und nun stand er in Verdacht diesen Trollkindern Leid angetan zu haben. Und das Schlimmste war, er hatte Angst es wirklich getan zu haben. All diese Jahre in der selbst gewählten Verbannung nur um zu dem zu werden was er verabscheute.

Er stürzte über eine gewundene Baumwurzel und landete mit dem Bauch voraus auf dem weichen Waldboden. Ohne sich Schmutz und Laub von den Kleidern zu klopfen, sprang er auf und rannte weiter. Er wollte einfach nur weg. Wenn Einsamkeit ihn nicht rettete, dann vielleicht das Gesetz. Er würde einige Sachen packen und verschwinden. Vielleicht nach Xaxemm oder direkt nach Vuswal, wenigstens wären die Kinder dann in Sicherheit. Er würde zur Wache gehen und irgendein Verbrechen gestehen. Wenn sie ihm nicht glaubten, würde er sich beim Stehlen erwischen lassen, bis sie ihn endlich wegsperrten und dann war er in Sicherheit. An den Gittern kam er bestimmt nicht vorbei um jemandem zu schaden.

Er würde die Freiheit und die Natur vermissen. Er vermisste sie bereits bei dem Gedanken ans Eingesperrt sein; laufen bis man die Ufer eines Meeres erreichte oder die Steilwand eines Berggiganten, nur von den Naturgewalten aufgehalten, das war das wahre Leben.

Helmkator war sich sicher, er wollte nur noch töten wenn es um sein Leben ging. Er hatte genug von Gewalt aus Habgier, Selbstsucht und Machtgelüsten. Er wollte kein Spielball mächtiger Herren sein, die sich einen Dreck darum kümmerten ob er lebte oder starb. Gesundheit, das eigene Auskommen, Friede und eine gesunde Selbstachtung, das war ihm wichtig.

Der Zwerg setzte im vollen Sprint über einige Baumstämme hinweg, die den letzten Herbststürmen zum Opfer gefallen waren. *‚Rein in die Hütte, nur das Nötigste greifen und nichts wie weg.‘*, dachte er sich. Rucksack, Axt und Schwert, der Wasserschlauch hinter der Tür. Nur ein oder zwei Handgriffe um einige Nahrungsmittel und seine Edelsteinreserven einzustecken und schon wäre er auf dem Weg.

Die Bewaldung vor ihm lichtete sich, er konnte bereits die mondbeschienene Lichtung ausmachen. Gleich war es geschafft. Der Zwerg sprintete über die in fahles Licht getauchte Wiese, schlug einen Haken um den Stapel zukünftigen Kaminholzes und kam schwer atmend vor seiner Hütte zum stehen. Seine Hand legte sich auf die Klinke. Die Tür glitt auf. Tief in Helmkators Inneren erklang ein einziges Wort:

„Gehorche!“

Das Gehirn des Zwerges schaltete sich ab.

†

„Und ich sage, wir verfolgen ihn!“, trompetete Orf in die Runde. „Seine Flucht ist quasi ein Schuldeingeständnis.“
„Klar!“, meinte Allun genervt. „Und das er freiwillig zu uns kam damit wir alles herausfinden, war ein Versehen oder was? Niemand würde sich freiwillig so verdächtig machen.“
„Das ist doch das beste Alibi das man haben kann.“, behauptete Orf felsenfest.
„Aber natürlich!! Und du bist der Einzige der diesen gewagten Winkelzug durchschaut, nicht wahr?“, fragte Allun sarkastisch.

„Klar!" Orfs Brust schwoll an. „Mich überlistet dieser Zwerg nicht!"
Allun hob die Augenbraue. „Okay, geh vor!"

Orf stutzte als die Gegenwehr so plötzlich zusammenbrach. „Wie jetzt?"
Allun zuckte mit den Schultern. „Wenn du im Stockfinstern, ohne gesehen zu haben in welcher Richtung er entwischt ist, weißt wo Helmkator zu suchen ist, dann gehen wir. Aber DU gehst voran."
„Natürlich weiß ich nicht genau wo er ist, aber wir könnten ausschwärmen."

Lissa begann leise zu weinen. Sie war total übermüdet und die Aufregung der letzten Stunden tat ihr übriges. Skar legte beruhigend den Arm um ihre Schultern. „Thimor, bitte! Ich will nicht alleine in den Wald. Ich habe Angst.", flüsterte die kleine Troll.
„Das musst du auch nicht." Thimor wandte sich an Orf. „Es reicht! Es ist so dunkel wie in Komalas Manteltasche, da werden wir bestimmt nicht alleine in den Wald rennen. Da draußen läuft ein Irrer rum, ob es nun Helmkator oder ein anderer ist, sei dahingestellt. Wir bleiben hier!"
„Aber…!"
„Nein, wir haben den Spaß mitgemacht solange es ein Spaß war. Jetzt ist die Sache ernst. Wir werden uns nicht trennen.", sagte Thimor mit strenger Stimme.

„Ich verstehe einfach nicht was sich in der einen Stunde geändert haben soll." Und zum ersten Mal seit Thimor Orf kannte, versuchte dieser tatsächlich einer Sache auf den Grund zu gehen. Er brüllte nicht sinnlos herum, sondern versuchte mit verwirrtem Gesichtsausdruck zu verstehen.
„Setz dich, ich erkläre es dir." Als alle Platz genommen hatten, fuhr Thimor fort. „Die Sache ist die, bis jetzt konnte man alles noch mit Unfällen oder jugendlichem Durchbrennen erklären. Es war nett phantasievollen Theorien nach einem

vermeintlichen Übeltäter nachzugehen und Schatten zu jagen. Wenn unsere Eltern davon ausgehen würden, dass etwas oder jemand Reales hinter uns her wäre, säßen weder Lissa noch wir hier draußen, sondern alle samt bei Muttern am Herd."

Orf nickte: „Okay, so weit komme ich mit, aber warum ist es jetzt ernst?"

Kvin meldete sich zu Wort: „Weil die Schatten jetzt ein Gesicht haben. Sie sind real geworden. Wir haben jemanden gefunden, der es tatsächlich getan haben könnte."

„Oh!", machte Orf.

„Ja, Oh!", nickte Allun. „Wir haben jemanden gefunden, der es gewesen sein KÖNNTE! Andererseits glaube ich Helmkator in soweit, dass er sich nicht daran erinnert die Kinder überfallen zu haben."

Orf wollte etwas einwenden, doch Allun schnitt ihm mit einer Handbewegung das Wort ab und sprach weiter: „Was mich beunruhigt sind seine Blackouts."

Kvin nickte zustimmend als Allun fortfuhr. „Er traut sich selber zu es getan zu haben und hat Angst davor, dass sich seine Vermutung bestätigt. Ich glaube er ist weggelaufen, um uns nicht in Gefahr zu bringen."

„Und wenn alles ganz harmlos ist?", fragte Orf.

„Dann haben wir auch keinen Grund ihn zu verfolgen!", schloss Thimor.

Lissa atmete erleichtert auf und sprach etwas aus, das ihr bereits seit einigen Minuten auf der Zunge lag: „Aber habt ihr euch schon einmal gefragt warum Helmkator diese Aussetzer hat? Hennen hatte doch auch Aussetzer und konnte sich an nichts erinnern, was in den Wochen seines Verschwindens mit ihm passiert ist.", flüsterte sie schüchtern.

Die Jungen starrten sie entgeistert an. „Du meinst, irgendjemand versucht auch Helmkator zu entführen?", fragte Orf.

Nun starrten alle Orf an.

„Was ist los? Was habe ich jetzt wieder falsch gemacht?!" Der junge Troll wandte sich unruhig hin und her. Er mochte es nicht, wenn ihn alle so angafften als wäre er ein blau angestrichener Mentoru.

„Das ist die erste vernünftige Frage, die ich aus deinem Mund höre.", bescheinigte ihm Kvin und schlug ihm anerkennend auf den Rücken. „Bleib dabei, steht dir gut."

Orf lief rot an, zum einen weil ihm der Schlag des Freundes die Luft aus den Lungen getrieben hatte, zum anderen weil ihn Kvins Lob verunsicherte. Aber irgendwie freute es ihn auch.

„Das würde bedeuten, dass jemand umgeht, den wir noch nicht kennen und der irgendwie dafür sorgt, dass die Leute alles vergessen.", Allun strich sich über den nicht vorhandenen Bart. „Wie soll das denn gehen?"

„Magie!", hauchte Lissa.

Ihr Bruder schmunzelte und drückte sie noch ein wenig fester an sich. „Magie gibt es nicht Lissa. Im Tuadreg nameron steht ganz klar geschrieben, dass die Götter die Magie aus dem Multiversum verbannt haben."

„Na dann wollen wir mal hoffen, dass der Verbrecher das heilige Buch ebenfalls gelesen hat. Wäre ziemlich blöd, wenn er nichts davon wüsste, dass er keine Magie verwenden darf. Es sei denn, du willst darauf hinaus, dass der Übeltäter nicht aus diesem Multiversum kommt."

Lissa riss Mund und Augen auf und drängte sich noch näher an Thimor heran.

„Das... war nicht hilfreich, Allun!", sagte Thimor wütend mit einem Seitenblick auf seine kleine Schwester.

„Oh! Tut mir leid! Wirklich. Lissa ich wollte dir keine Angst machen. Ich kann mir nur nicht vorstellen, wie man so vielen Leuten das Gedächtnis ausknipsen kann. Und im Fall von Hennen sogar über einen so langen Zeitraum." Der blonde Troll zuckte mit den Schultern. „Ehrlich gesagt, weiß ich noch nicht einmal wie ich es mit einem einzigen hinbekommen sollte, ohne große Beulen auf seinem Hinterkopf zu hinterlassen."

„Kräuter.", sagte Lissa und wischte sich die letzte Träne aus dem Augenwinkel. Wieder wandten sich ihr alle Augen zu, sodass sie zurückzuckte.

„Wie meinst du das?", fragte ihr Bruder.

„Als du letztes Jahr das schwere Fieber hattest und dich nächtelang im Bett hin und her gewälzt hast, ohne schlafen zu können, da hat Mama dir einen Kräutertee gemacht. Der hat dich sofort einschlafen lassen."

Thimor nickte anerkennend. „Gute Idee, Lissa! Ich glaube jedoch, dass niemand von einem Fremden eine Tasse Tee annehmen und diesen dann auch noch trinken würde. Das wäre ja extrem leichtsinnig."

„Es könnte ein Bekannter sein.", trug Allun zu der Diskussion bei.

Thimors brauner Schopf wackelte verneinend hin und her. „Wie wahrscheinlich ist es, dass Helmkator, Hennen sowie die anderen Vermissten einen gemeinsamen Bekannten haben, dem sie genug vertrauen um gemeinsam Tee zu trinken?"

„Kann man die Kräuter auch auf anderem Weg einnehmen?", fragte Orf und erntete anerkennende Blicke. Der junge Troll schien gefallen an seiner neuen Rolle als Intellektueller zu finden.

„Schlucken, einreiben, mehr fällt mir nicht ein. Die Option mit in Sud getauchten Klingen oder Pfeilen können wir wohl streichen, oder?" Allun zählte die Möglichkeiten an seinen Fingern ab.

„Ich habe gehört, dass manche Goblinclans ganz, ganz winzige Pfeile benutzen. Kleiner als Mamas Nähnadel und das sie sie mit Blasrohren abschießen können."

„Lissa, nun machst DU mir Angst!", sagte Thimor.

Die Kleine kicherte. „In ‚alte Frau Zyklops Märchenbuch für brave Trollkinder' steht es genau so beschrieben."

„Oh! Märchen!", sagte Allun ehrfürchtig. „Du liest gefährliche Bücher, Lissa." Sie gab Allun einen Knuff und lachte.

Danach wurde es still am Lagerfeuer. Jeder versuchte eigene Erklärungen für die seltsamen Vorkommnisse zu finden. Die Zeit verging. Nach und nach gaben die Freunde auf und legten sich schlafen. Zu guter Letzt saß nur noch Kvin am heruntergebrannten Feuer und hielt Wache.

†

Quamtrem, 37. Phanistog im Jahr des Thorweg, 5:02 Uhr

Skar reckte sich und gähnte ausgiebig. Er hatte den letzten Teil der Wache übernommen.

Rasch zog er sich seine Decke wieder über die Schultern. An diesem Morgen war es empfindlich kalt und er war froh die ersten Spuren der Dämmerung am Horizont ausmachen zu können. Er stocherte das Feuer ein wenig an und legte neues Holz nach. Noch ein bis zwei Stunden und seine Freunde würden erwachen. Eine Kanne mit heißem Wasser köchelte bereits am Rande der Feuerstelle. *‚Und jetzt einen schönen Tee!'*, sagte er sich und füllte seine Tasse randvoll.

Hinter ihm gab es einen Knall. Beinahe hätte er vor Schreck die Tasse von sich geworfen. Er stellte sie mit zitternder Hand auf dem Boden ab, schob sich die Decke von den Schultern und griff nach seiner Keule. Auf dem Quamtrem gab es nicht viel, was einem fast ausgewachsenen Troll gefährlich werden konnte, aber in Anbetracht der Umstände war er besser übervorsichtig.

Außer seinem eigenen Schatten konnte er im Schein des Lagerfeuers niemanden ausmachen. Der Waldrand lag leer und

81

unbewegt vor ihm. Thimor zuckte mit den Schultern. Hatte er sich geirrt? Vielleicht war er kurz eingenickt und seine Träume hatten ihm einen Streich gespielt. Er entschied sich trotzdem einen Rundgang durch ihr Lager zu unternehmen. Ein brennender Ast diente ihm als Fackel.

Der Troll umrundete die vier Behausungen und leuchtete auch die Zwischenräume und den Stamm der großen Linde aus, die die Mitte ihrer kleinen Siedlung bildete. Nichts! Er musste sich tatsächlich getäuscht haben. Ein wenig ratlos kehrte er zum Lagerfeuer zurück und passierte dabei auch das Zelt, das er sich mit Lissa teilte. Direkt davor lag ein zusammengesunkenes Häuflein, angeleuchtet vom hellen Schein des Feuers.

Das Licht der Flammen tanzte über der Szenerie. Das kleine, dunkle Häufchen zu seinen Füßen rührte sich nicht. Der junge Troll stand mit offenem Mund da. Vor wenigen Minuten war es noch nicht da gewesen. Wie kam es dahin? Und wer hatte es gebracht? Was war es überhaupt?

Rasch ging er auf das Bündel zu und kniete sich nieder, um es zu untersuchen. Er drehte es herum und entdeckte Helmkator. Der Zwerg lag mit geschlossenen Augen und zusammengerollt vor ihm. Er war so unnatürlich blass, dass Thimor Angst bekam. Lebte er überhaupt noch? Ein Schrei löste sich aus seiner Kehle. „Wacht auf. Kommt alle her! Helmkator ist etwas zugestoßen.", brüllte er in die Nacht hinein.

Es raschelte laut, als um ihn herum Decken und Felle bei Seite geschoben und Türplanen in Eile aus dem Weg gestoßen wurden. Stimmengewirr erklang als seine drei Freunde und Lissa auf Thimor zu stürzten.

„Lass mich mal!", rief Lissa aufgeregt und schob ihren Bruder von dem Zwerg fort. Sie kniete sich hin und betastete den Zwerg vorsichtig. „er scheint sich nichts gebrochen zu haben.", murmelte sie nach einer Weile und befühlte nun sein Handgelenk.

„Was treibst du da?", fragte Orf mehr beeindruckt als herablassend.

„Ich suche nach seinem Puls.", sagte Lissa

„Und was soll das bringen?", fragte Orf verständnislos, doch Thimor fuhr dazwischen. „Woher weißt du denn wo du suchen musst?"

„Heiler Aarl hat es uns gezeigt, als wir vor den Ferien mit der Klasse bei ihm waren. Und jetzt Ruhe, ich muss zählen."

Die Jungen schwiegen tatsächlich, warfen sich allerdings hinter ihrem Rücken vielsagende Blicke zu.

„Hm, der Puls scheint soweit in Ordnung zu sein. Ein wenig langsam vielleicht?", murmelte die Kleine und hob sachte das Lid des Zwerges an.

„Nun!", sagte sie und stand auf. „Ich glaube er ist ohnmächtig. Schock oder etwas in der Art. Legt ihm etwas unter die Füße, damit sie höher liegen als der Kopf und deckt ihn gut zu, damit er nicht auskühlt. Es muss immer jemand bei ihm bleiben. Wenn er sich übergeben muss, dann muss man ihn schnell zur Seite drehen, damit er nicht erstickt."

Kvin lief los um seine Decke zu holen, während Allun dem Zwerg einen Scheit Feuerholz unter die Stiefel schob. Thimor reichte Lissa eine Tasse Tee. „Das hast du sehr gut gemacht, aber nun erklär mir mal woher du das alles weißt.", forderte er seine Schwester auf. „Ich meine, woher kennst du den Puls eines Zwerges?"

Das Mädchen löste eine Hand von der Tasse und winkte ab. „Das ist noch gar nichts. Es gibt da noch so was wie die ballistische Seitenlage oder so ähnlich, aber ich kann mich nicht mehr erinnern wie die ging." Sie nahm einen Schluck Tee und fuhr fort. „Heiler Aarl meinte, dass wir uns gar nicht so sehr von den Zwergen unterscheiden. Wir sind nur größer und deshalb geht unser Puls ein wenig langsamer, das ist alles."

Orf öffnete den Mund um zu widersprechen, doch wieder war Thimor schneller. „Nun, Aarl ist ein Mensch! Ich bin mir nicht sicher, ob er alle Unterschiede so genau kennt.", zweifelnd schaute er in die Tiefen seiner eigenen Teetasse.

„Nun hör aber auf!", rief seine Schwester. „Mama sagt Aarl ist der beste Heiler den wir jemals hatten und alle Clans beneiden uns um ihn. Außerdem hat er Druidentum und Schamanismus an der Universität in Maknova studiert." Sie nickte bezeichnend, als ob damit alles gesagt wäre. Sie konnte sich jedoch nicht verkneifen flüsternd hinzuzufügen: „Außerdem hast du nicht so große Töne gespuckt, als er deinen Hauer behandelt hat."

Schützend schob Thimor seine Hand vor den rechten großen Eckzahn, der ihm aus dem Unterkiefer ragte. Er konnte sich noch lebhaft an die Schmerzen erinnern, als er sich im letzten Winter den Zahn angeschlagen hatte. Natürlich wollte er nicht zum Heiler, was dem Zahn die Chance gab sich eine prächtige Entzündung zuzulegen. Als ihn seine Mutter mit in den Hüften gestemmten Armen eigenhändig bei Aarl ablieferte und als dieser ihn nach der Behandlung schmerzfrei entließ, hätte er dem Mann beinahe die kleinen Füße geküsst. „Nun ja…", stotterte er verlegen. Dieses kleine Biest hatte ihn doch tatsächlich in die Defensive gedrängt. „Das erklärt aber immer noch nicht woher DU weißt, was man tun muss, wenn jemand ohnmächtig wird."

„Aarl hat gesagt, dass es wichtig ist, dass auch junge Trolle schon wissen, wie man anderen im Notfall helfen kann. Zusammen mit dem Schulmeister hat er uns vom DRH erzählt und ich glaube, ich werde da nach den Ferien mitmachen."

„DRH?", fragte Kvin, während er Helmkator in seine Decke einwickelte.

„Der ‚druidische rote Heilkreis'", erklärte das Mädchen. „Einmal in der Woche treffen sich da alle, die etwas über Erste Hilfe erfahren wollen. Aarl ist Mitglied und will uns Kindern zeigen wie so was geht. Sogar einige von diesen neumodischen

Ärzten machen da mit, seit man in Maknova auch Medizin studieren kann."

Kvin, Thimor und Allun rümpften synchron die Nasen.

„Medizin…pfft. Wer glaubt denn an so was?", fragte Orf.

Lissa ließ sich nicht beirren, sie war in ihrem Element. „Überall in Synkana gibt es bereits solche Gruppen. Man muss nur schwören, allen zu helfen, egal welcher Rasse sie angehören und welche Lieblingsgottheit sie haben." Das Mädchen bekam vor Aufregung ganz rote Wangen. „Ich finde das toll! Wenn ich groß bin will ich auch Druidentum studieren."

Orf kicherte leise, verstummte allerdings als er Kvins ernstes Nicken sah. „Du schaffst das, Kleines. Du hast ein Händchen dafür!" Auch Allun nickte anerkennend. Thimor betrachtete eher die praktische Seite. „Nehmen die denn wirklich Trolle in Maknova?", erkundigte er sich mit leichtem Unbehagen.

„Das werden sie wohl müssen. Ich gehe nicht eher weg, bis ich ein Druide bin!", verkündete Lissa und schob ihren hauerbesetzten Unterkiefer entschlossen vor.

„Jetzt sieht sie aus wie du, wenn du dir etwas in den Kopf gesetzt hast.", staunte Orf und blickte von einem Gesicht zum anderen.

„Sie ist ja auch meine kleine Schwester! Also pass auf, wie du mit unserer zukünftigen Druidin sprichst.", sagte Thimor stolz und seine Schwester schenkte ihm einen dankbaren Blick.

„Super, dann kann sie Orf eine Dauerregenwolke über sein hässliches Haupt verpassen.", flüsterte Allun Kvin zu und kicherte ungeniert. Kvin schmunzelte zufrieden.

„Grmpfl!", machte es zu ihren Füssen. Der Zwerg rührte sich zaghaft. Lissa war sofort bei ihm. „Wir sind da Kato! Wir kümmern uns um dich. Alles wird gut. Bleib noch einen Moment liegen.", sagte sie bestimmt, als der Mann sich verwirrt aufzurichten versuchte.

„Wo bin ich?", fragte er und blickte sich erstaunt um. „Hier?",
Dann erkannte er die Freunde und lächelte. „Lissa, richtig?
Wie komme ich hierher? Ich war doch in meiner Hütte."
Die Jungen warfen sich hinter Lissas Rücken betroffene Blicke
zu.
„Aber du bist doch zu uns gekommen. Wir haben dich hier an
unserem Feuer gefunden." Sie stutzte. „Was ist das Letzte an
das du dich erinnerst?", erkundigte sie sich mit ernster Mine.
Eine einzelne Träne lief Helmkators Schläfe hinab und
verschwand in seinem wilden Haarschopf. „Ich wollte einfach
nur weg.", flüsterte er. „Weg von euch. Weg von meiner Hütte
und weg vom Quamtrem. Ich war überwältigt von der Angst,
ich könnte all diesen Trollen etwas angetan haben und
vielleicht sogar euch etwas antun. Ihr seid gute Kinder, nicht
jeder Troll hätte so freundlich mit einem Zwerg gesprochen."
Er schluckte. „Ich lief wie von Sinnen durch den Wald, wollte
nur ein paar wenige Sachen holen und dann weiter nach
Xaxemm oder Vuswal. Dort haben sie Möglichkeiten zu
verhindern, dass ich jemanden etwas zu Leide tue."

Kvin, der sinnend in die Dunkelheit gestarrt und der
Geschichte des Zwerges gelauscht hatte, fuhr zu ihm herum.
„Du willst dich wegsperren lassen!" Es war eine Feststellung,
keine Frage.
Der Zwerg nickte. Langsam richtete er sich auf die Ellenbogen
auf und begann sich aus der Decke zu schälen. Zuletzt nahm er
die Füße vom Holzblock. Lissa wollte Einwände erheben, doch
der Zwerg wehrte sie freundlich ab. „Danke! Ich glaube es geht
schon wieder. Wenn ihr jedoch eine Tasse Tee für mich hättet?
Meine Kehle ist staubtrocken."

Unter leichtem Schwanken setzte er sich auf einen der Stämme
am Feuer und nahm dankbar einen Teebecher entgegen. Allun
hatte ihn wohlweislich nur halb gefüllt. Der Kopf des Zwerges
verschwand fast vollständig hinter dem Keramikgefäß. Es war
eben für Trolle gemacht und für Zwerge viel zu groß.

Vorsichtig nahm Helmkator einige Schlucke und seufzte. „Das tut gut.", versicherte er.

Thimor hatte geduldig gewartet bis der Zwerg bereit war, nun jedoch rutschte er auf seinem Stamm ein Stück nach vorne, damit er Helmkator in die Augen sehen konnte. „Kato, wir glauben nicht, dass du etwas mit dieser Sache zu tun hast."
Mit einem Blick in die Runde versicherte er sich der Zustimmung seiner Freunde. Allun nickte, selbst Orf, wenn auch widerstrebend.

Das kleine, bärtige Gesicht starrte ihn verständnislos an. Der heiße Dampf aus seiner Teetasse umnebelte seine Nase. „Wie?"
Thimor räusperte sich. „Wir glauben, dass du ebenso ein Opfer bist, wie die kleinen Trolle."
„Aber, aber...", die kleine Stirn zog sich kraus. „...wie kann das.....ich dachte, ich wäre...", stotterte Helmkator.
Allun schüttelte den Kopf: „Auch Hennen hat Gedächtnislücken, ebenso wie du. Und wenn seine auch einen Zeitraum von über zwei Wochen betreffen, so habt ihr sie doch beide. Wir GLAUBEN, dass sie denselben Ursprung haben könnten."
„Dann bin ich es gar nicht?", der Zwerg lachte nervös auf. „Ich habe niemanden etwas getan?" Sein Lachen wurde sicherer. „Komala sei Dank!! Ich habe schon an meinem Verstand gezweifelt. Ihr könnt euch gar nicht vorstellen, wie froh und erleichtert ich bin. Kommt, lasst euch umarmen. Ihr seid die Besten!"

Er sprang auf und umarmte jeden Einzelnen der Freunde, die sich dafür ziemlich weit hinab beugen mussten. Kvin wagte kaum die Umarmung zu erwidern, aus Angst den kleinen Kerl zu zerquetschen. Allun und Thimor waren ebenfalls sehr vorsichtig.

Orf wollte sich drücken, aber der Zwerg erwischte auch ihn. Zuletzt kam Lissa an die Reihe. Sie ging auf die Knie und umarmte ihn herzlich. „Vielen Dank, Kleine!", flüsterte Helmkator ihr ins Ohr. Lissa kicherte und flüsterte neckisch zurück: „Wer ist denn hier klein?"
Die Neckereien gingen eine Weile hin und her. Die Erleichterung ließ den Zwerg um Jahrzehnte jünger aussehen. In der Zwischenzeit zauberten die Jungen ein Frühstück aus ihren Vorratsbeuteln. Tee machte die Runde und am Horizont deutete sich das erste Rot des Sonnenaufgangs an.

Während sie so an Streifen frisch geräucherten Schinkens kauten und am heißen Stockbrot zupften, kam das Thema der verschwundenen Kinder erneut auf. Helmkator wollte wissen woher seine neuen Freunde so viel über die Kinder wussten und warum ausgerechnet sie sich an die Aufklärung des Falles gemacht hatten. Schließlich läge dies ja in der Verantwortung erwachsener Trolle.

Allun zuckte mit den Schultern. „So blöd es auch klingen mag, aber eigentlich hat das alles als Spiel begonnen.", murmelte er ein wenig betroffen. „Uns sind einige Geschichten zu Ohren gekommen und wir haben uns zusammengereimt, dass der Schuldige hier in der Gegend des Hammergipfels zu suchen sein müsste. Natürlich haben wir zunächst dich verdächtigt, allein schon, weil du hier so verborgen lebst. Keiner wusste von dir. Ich glaube sogar, dass einige der Alten in ziemliche Aufregung geraten würden, wenn sie davon erführen. Ein Zwerg auf dem Quamtrem, ohoh…". Er kicherte ungeniert.
Helmkator legte den Kopf schief. „An zahlreichen kleineren Bergen, die zum Quamtrem Massiv gezählt werden gibt es Zwergensiedlungen, Minen oder Handelsstationen. Auch an der Westflanke des Quamtrems selbst gibt es soweit ich weiß einige Dutzend Bergwerke, die von Zwergen betrieben werden. Wenn ich mich recht entsinne, war sogar die erste Siedlung auf dem Plateau zwergisch. Sie muss irgendwo in der Nähe der heutigen Geröllhalden gelegen haben."

Die Trolle hörten ihm gebannt zu und so erzählte der Zwerg weiter: „Der Geier- und der Musquokal-Gipfel waren allerdings nicht sehr ertragreich an Erzen, Kohle oder Edelsteinen. Dadurch nahm die Bevölkerung der Siedlung schnell wieder ab. Es wurde noch ein paar Jahre Ackerbau und Viehzucht betrieben, um die neuen Minen im Westen zu versorgen. Doch die Wege waren zu lang. Man überlegte bereits den Ort aufzugeben und eine günstigere Stelle zu besiedeln, als die Steinklopfer meldeten, dass der Geier-Gipfel brüchig war. Danach ging alles ziemlich schnell, man evakuierte alle Zwerge und sämtliches Vieh und zog fort. Einige Jahre später muss ein Teil der Steilwand dann abgestürzt sein und das Dorf unter sich begraben haben. Die Überreste der Steilwand bilden nun jedenfalls die Geröllhalden." Die Trollkinder sahen ihn staunend an, das hatte ihnen der Schulmeister nicht beigebracht. „Aber das ist schon viele Jahrhunderte her. Ich weiß noch nicht einmal wie viel von der Geschichte wirklich stimmt."

„Dann gehört der Quamtrem eigentlich den Zwergen?", fragte Lissa und staunte mit offenem Mund.

Helmkator winkte ab. „Was heißt schon gehören? Vielleicht waren wir zuerst hier, aber wir sind auch wieder gegangen bevor ihr kamt. Außerdem nutzen wir die Oberfläche des Quamtrem überhaupt nicht. Die Minen der Zwerge liegen am Fuße des Gebirges und das ist riesig. Mehr als zweihundert Berge hören zu dem was man Quamtrem Massiv nennt. Dieses Plateau ist im Vergleich zu diesem Areal nur ein Punkt auf der Landkarte. Da verlaufen sich die paar Trolle und Zwerge die sich darin herumtreiben schnell. Sie stören euch nicht und ihr stört sie nicht. Alles ist in Butter und jeder hat was er will. Einmal abgesehen davon, reden wir hier über Ereignisse vom Anbeginn der Zeit. Wie lange dauert „gehören"?" Der Zwerg sah fragend in die Runde und die Trolle zuckten mit den Schultern. „Eben! Damals gab es einige hundert Zwerge und einige hundert Trolle. Jeder suchte sich seinen Lebensraum und versuchte sein Glück zu machen. Dabei kam es zu Fehlschlägen wie bei den Geröllhalden und gelegentlich auch zu Zusammenstößen mit den anderen Rassen. Bei den Zwergen und Trollen kam es wahrscheinlich nur deshalb öfter zum Streit, weil beide die Gebirge bewohnen. Obwohl ich auch über einige Zwischenfällen bei den Elfen und Orks oder bei den Goblins und den Menschen gelesen habe, die in den frühen Jahren ähnliche Probleme hatten, bis alle mal dort waren wo sie jetzt sind." Die Trolle nickten nachdenklich. „Dann gab es nie einen WIRKLICHEN Grund das Trolle Zwerge hassen?", erkundigte sich Orf auf seiner ungewohnt nachdenklichen Art. Nun war es der Zwerg der mit den Schultern zuckte. „Aus Völkersicht betrachtet? Nein! Es wurde nie eine Königstochter geraubt oder eine Zwergensiedlung niedergebrannt, soweit mir bekannt ist. Allerdings wird es sicherlich auf persönlicher Ebene diverse Gründe gegeben haben. Vielleicht hat einmal ein Zwerg einem Troll bei der Jagd in den Allerwertesten geschossen, weil er ihn für einen großen Hirsch hielt. Oder ein Troll hat einem Zwerg die Viehzäune zertrampelt, weil er sie aus der Höhe nicht als solche wahrgenommen hat. Solche Dinge geschehen zwischen Nachbarn, ob sie nun unterschiedlicher Rasse sind oder nicht. Aber meist steckt keine Absicht dahinter, eher Unachtsamkeit oder Desinteresse. Ihr könnt doch sicher auch nicht alle in eurem Dorf gleich gut leiden oder?"

„Stimmt!", sagte Kvin.

„Aber ich kann euch beruhigen. Ich weiß mit hundertprozentiger Sicherheit, dass die Trolle zuerst in den Wolkenbergen waren. Heutzutage sind dort fast ausschließlich Zwergensiedlungen. Nennen wir die Sache mit dem Quamtrem also einfach „ausgleichende Gerechtigkeit"." Kato grinste.

Thimor schmunzelte und auch Allun wirkte sehr mit sich zufrieden.

Orf jedoch klatschte in die Hände. „Das ist ja alles sehr interessant! Wirklich, das meine ich ernst.", versicherte er, als er zweifelnde Blicke auf sich spürte. „Aber was tun wir jetzt, da unser Hauptverdächtiger unser neuer bester Freund geworden ist?"

Die Runde schwieg. „Das ist eine gute Frage.", meinte Thimor nach einer Weile mit einem fragenden Blick an Kvin. Der große Troll zuckte ratlos mit den Achseln. „Allun?"

„Ich habe nicht die geringste Ahnung.", gestand dieser seufzend.

„Lissa?" Das Mädchen hob überrascht den Kopf. Ihre Gedanken rasten. Wenn sie schon gleichberechtigt behandelt wurde, wollte sie auch eine gute Antwort geben. Aber ihr fiel nichts Glorreiches ein. Nun, besser eine unausgegorene Idee als gar keine. „Hennen können wir ja nicht fragen, wo er sein Gedächtnis verloren hat...", begann sie zögerlich. Während sie sprach bildeten sich die Worte in ihrem Kopf und sie fuhr sicherer fort. „...aber Helmkator kann uns helfen. Er kann uns genau sagen, an was er sich als Letztes erinnert und dort setzen wir dann mit der Suche an."

Die Jungen nickten anerkennend und schauten zum Zwerg hinüber. „Nun das wäre dann meine Hütte. Ich erinnere mich die Tür geöffnet zu haben und dann wurde alles schwarz."

„Dann wollen wir mal.", meinte Kvin und erhob sich. „Auf zur Hütte!"

†

Phase 3:

Die sechs Freunde räumten die unbedeutenden Überreste des Frühstücks fort und löschten das Feuer. Der Weg durch den großen Ostwald zum Hammergipfel war lang. Die Morgendämmerung war bereits weit fortgeschritten, aber der Wald lag immer noch in tiefer Dunkelheit. Helmkator nutzte die einzigartige Fähigkeit der Zwerge auch im Dunkeln hervorragend sehen zu können und führte die Trolle schnell und sicher an Senken und umgestürzten Bäumen vorbei.

Lissa ging neben dem Zwerg und unterhielt sich leise mit ihm. „Kato, ich kann mir immer noch nicht denken, was die Ursache für die Gedächtnisverluste sein soll. Hast du keine Idee?"
Der Zwerg schnaubt leise und es dauerte eine Weile bis er antwortete. „Ich habe nicht den geringsten Schimmer. Wie du weißt, bin ich bis vor wenigen Stunden davon ausgegangen, dass eine Person für alles verantwortlich ist. Genauer gesagt: Ich! Ich dachte mein Hirn würde aussetzen und mich in der Zeit Dinge tun lassen, die ich im wachen Zustand nie tun würde." Er schüttelte resigniert den Kopf. „Genau genommen könnte es alles sein, Lissa. Ich kenne eine Blumenart, deren Wurzeln zerkleinert, aufgekocht und zu Brei zerrieben eine solche Wirkung hat. Es gibt Schlangen, deren Gift zu Gedächtnisverlust führen kann oder eine Katzenart, deren Angriffsfauchen das Opfer irgendwie so betäubt, dass es keinen Finger mehr rühren kann. Ich weiß von einem Busch mit kleinen lila Blüten, deren Duft so betäubend ist, dass man alles um sich herum vergisst. Aber nichts davon erwarte ich in meinem Wohnzimmer vorzufinden und keines davon erklärt die lange Frist bei Hennen."
Thimor der hinter den beiden ging und dem Gespräch zugehört hatte, meinte: „Es muss irgendetwas banales sein. Etwas was du jeden Tag siehst und nicht als gefährlich einstufst. Etwas,

was vielleicht nur unter gewissen Bedingungen diesen Effekt hat?"

„Hmm…", machte der Zwerg. „Aber was sollte es sein? Die meisten Dinge die ich besitze sind alt; ich habe sie mit hierher gebracht, selbst gebaut oder über die Jahre in Xaxemm gekauft. Dieses Jahr habe ich lediglich Bücher, Saatgut, einige getrocknete Vorräte und zwei kleine Fässchen Bier mitgebracht. Nichts Geheimnisvolles oder Bedrohliches."

„Nun, ich dachte nur…", Thimor senkte betrübt den Kopf.

„Die Idee war nicht schlecht, aber…", begann der Zwerg, doch Allun fiel ihm ins Wort. „Kato, überall auf dem Quamtrem gibt es doch Erz, richtig?"

Der Angesprochene nickte zögernd, der Gedankensprung kam für ihn etwas überraschend. „Im Prinzip schon, vielleicht mancherorts nur in Spuren, die sich nicht lohnen abgebaut zu werden…aber generell gesprochen: ja, der Quamtrem ist extrem erzhaltig. Wieso fragst du?"

Der blonde Troll fuhr sich nervös durch das Haar. „Ich habe mir überlegt, ob vielleicht die Konzentration eines bestimmten Erzes an einer ganz bestimmten Stelle auf dem Plateau dafür verantwortlich war, dass Hennen das Gedächtnis verlor. Er könnte sie zufällig aufgesucht haben, als er nach neuen Steinen forschte."

„Es wäre sogar denkbar, dass er ein Stück Erz aufgehoben und mitgenommen hat. Eine tolle Idee Allun!", rief Lissa erfreut aus und strahlte über das ganze Gesicht. „Das könnte wirklich Sinn machen!"

„Aber wie sollte dann Kato damit in Kontakt gekommen sein?", fragte Orf, skeptisch aber nicht unhöflich. „Du sammelst doch keine Steine, oder? Und du hast auch keine Mine im Keller deiner Hütte versteckt."

Der Zwerg blieb abrupt stehen und drehte sich zu den Trollen um. Diese gaben sich redlich mühe, rechtzeitig zu bremsen. So bemerkten sie zunächst nicht das kalkweiße Gesicht des kleinen Mannes, der ganz langsam sagte: „Das ist so nicht ganz richtig."

Stille folgte. Jeder hielt den Atem an und grübelte über diese Aussage des Zwerges nach. Eine Haselmaus nutzte die Gelegenheit zwischen den Füssen der Trolle hindurch in das nächste Gebüsch zu huschen. Das leise Tapsen der kleinen Pfoten und das Rascheln des Laubs kamen ihnen ohrenbetäubend laut vor. Fragende Blicke machten die Runde bis Orf sich erbarmte und nachhakte: „Öhm, wie meinst du das jetzt?"

„Soll das heißen du sammelst auch Steine?", fragte Lissa mit kraus gezogener Stirn. „Oder hast du eine Mine?", erklang es von weiter oben, es war Kvins Stimme.

„Genau genommen ... beides. Ihr denkt...Steine?", Helmkator kratzte sich erstaunt den Schopf. Dann weiteten sich seine Augen plötzlich und bekamen einen glasigen Ausdruck. Noch bevor sich in den Trollen der Gedanken verfestigen konnte, er sei aufs Neue dabei sein Gedächtnis zu verlieren, flüsterte er gebannt: „Steine! Natürlich!! Meine Güte...sollte es wirklich kein Hirngespinst gewesen sein?"

„Was? Wovon redest du?", erkundigte sich Orf gereizt.

„Hmm... wie soll ich euch das erklären? Als ich noch sehr, sehr jung war, kam ein Eremit in unser Dorf. Er hatte lange allein in den Wolkenbergen gelebt und vor sich hin geschürft, auf der Suche nach Gold und Edelsteinen. Was Zwerge eben so machen. Er hatte sich zu uns geschleppt, abgemagert bis auf die Knochen und konnte sich kaum noch auf den eigenen Beinen halten. Er war ganz aufgeregt und faselte davon auf eine Erzader gestoßen zu sein. Nun, an sich nichts Ungewöhnliches bei Zwergenminen. Diese jedoch soll keine „normale" Erzader gewesen sein. Dieses Erz WOLLTE abgebaut werden! Sie zwang ihn Tag und Nacht zu arbeiten, bis er auf einem Berg aus Erz stand. Er durfte weder essen noch schlafen und er konnte sich nur retten in dem er das Erz hinters Licht führte. Der Eremit machte ihm weiß, dass er das ganze Erz ja schließlich nicht in der holen Hand bis in das nächste Dorf oder die nächste Stadt zur Verarbeitung bringen könne. Er müsse deshalb Tragekörbe organisieren und für die Körbe Träger. Oder noch besser einen Karren. So ließ das Erz ihn ziehen und er flüchtete zu uns, einem Dorf mehrere Tagesmärsche von seinem Lager entfernt.

Man hat ihn natürlich ausgelacht. Den irren Yoon nannten ihn alle. Aber das interessierte ihn nicht, er war einfach froh entkommen zu sein und blieb stur bei seiner Geschichte. Einmal erzählte er mir, dass das Erz ein Versehen der Götter gewesen sei. Es konnte denken, wollte abgebaut, verhüttet und verarbeitet werden. Aber selbst dafür hatte es sehr konkrete Vorstellungen. Es wollte keine Waffe werden, sondern eine Flugschar oder eine Hacke. Wir haben wirklich sehr gelacht. Denkendes Erz, also wirklich… und dann eines Nachts verschwand Yoon und ward nie wieder gesehen. Man munkelte danach hinter vorgehaltener Hand, das Erz habe ihn letztendlich doch noch gefunden und zurückgeholt."

Lissa lief es eiskalt den Rücken herunter. Selbst Allun sah sich unauffällig um, ganz als hätte sich eine herumstreunende Erzader hinter den nächsten Baum gequetscht, um ihnen aufzulauern.

„Das ist eine ziemliche Räuberpistole, die du uns da auftischst, Kato!", meinte Thimor mit hochgezogener Augenbraue.

Der Zwerg zuckte mit den Achseln. „Mag sein, aber so hat es stattgefunden. Ich kann es nicht ändern."

„Du willst uns allen Ernstes erzählen, dass Steine und Erz reden können? Womit denn bitte? Bilden sie eine Art Mund aus?", fragte Kvin und schmunzelte bei dem Gedanken.

„Woher soll ich das wissen, Junge? Ich erzähle nur, was passiert ist. Ich war damals noch ein Winzling, um einiges jünger als unsere Lissa hier. Yoon sprach auch mehr von Bildern die in seinem Kopf entstanden sind, als von gesprochener Sprache. Weshalb man ihn ja auch für durchgeknallt hielt. Wenn das Zeug hätte sprechen können, hätte er ja nur einen Brocken mitbringen müssen. Dann hätten ihm alle sofort geglaubt und er wäre mit dem sprechenden Erz auch noch reich geworden. Ich tippe auf Minenkoller. Er war zu lange alleine und musste mal wieder unter Leute." Er blickte entschuldigend zu den Trollen empor und legte eine Pause ein.

„Es tut mir leid. Es ist mir nun einmal grade eingefallen. Ich hätte es nicht erzählen sollen. Ich wollte euch keine Angst machen."

Schweigend und nachdenklich gingen sie weiter. Sie passierten die große Lichtung, die den Wald von der Hütte des Zwerges trennte und erreichten endlich, als die Sonne gemächlich über den Rand des Plateaus kroch, den Vorplatz von Helmkators Behausung. Alle waren viel zu aufgeregt, um dem Planeten große Aufmerksamkeit zu schenken, doch alle sechs nahmen die wohlige Wärme wahr.

Kvin erreichte die Tür als Erster. Er warf dem Zwerg einen fragenden Blick zu, immerhin war es seine Hütte. Helmkator ermunterte ihn mit einer Handbewegung einzutreten. Kaum hatte sich der Riese umgedreht und die Hand nach dem Türgriff ausgestreckt, überkam den Zwerg ein seltsames Unbehagen.

Allun und Thimor quetschten sich an ihm vorbei und durch die niedrige Tür. Die jungen Trolle mussten zwar die Köpfe senken und den Rücken beugen, um nicht an die Decke zu stoßen, aber zum Glück hatte der Zwerg beim Bau seiner Hütte die Höhe des Daches an den bereits existierenden Höhleneingang angepasst. Hätte er eine wahre Zwergenhütte gebaut, hätte keiner seiner neuen Freunde hineingepasst, noch nicht einmal Lissa, die mit Abstand die Kleinste war. Das Unbehagen im Zwerg wuchs.

„Beim letzten Mal hat es genau hier angefangen.", sagte er mit leiser, belegter Stimme. Andererseits waren bereits drei Trolle über die Schwelle getreten, ohne dass auch nur das Geringste passiert war. Wenn er ihnen jetzt nicht nachging, würde er alles auf die Schultern der Kinder abladen, ja sie sogar als Versuchskaninchen missbrauchen. Dies ließ sein Stolz nicht zu. Außerdem gingen ihm die Ausreden aus, er musste sich seiner Hütte stellen. Es konnte ja schließlich nicht alle treffen, oder? Widerwillig trat er einen Schritt vor und merkte sofort, dass etwas ganz und gar nicht stimmte. Er fasste sich an den Kopf und schwankte leicht. „Kinder, ich fühle mich nicht wohl. Ich glaube…ich bleibe…draußen.", flüsterte er kraftlos. Ihm wurde schwarz vor Augen.

„Gehorche!"

†

Die drei anderen hatten die Hütte schon längst betreten und Orf wurde langsam ungeduldig. Immerhin war es seine Idee gewesen, auf die Suche nach dem Verbrecher zu gehen und er stand immer noch hier draußen in der Wildnis herum. Lissa und Helmkator standen ebenfalls noch vor dieser zwergenverseuchten Behausung und genau in seinem Weg. Er wollte es endlich hinter sich bringen.

Alluns Idee mit dem Erz war nun wirklich ziemlich an den Haaren herbeigezogen. Aber jetzt konnten sie beweisen, dass nichts an dieser Theorie dran war und danach würden sie sich wieder den wichtigen Dingen zuwenden und den Verbrecher suchen. *,Seid wann kenne ich eigentlich das Wort ,Theorie'?'* Orf zuckte mit den Achseln und schob den Gedanken bei Seite.

Selbst wenn sie etwas finden würden, Orf machte sich keine Sorgen. Was sollte ihnen schon groß passieren, außer dass sie sich an einem Stützbalken den Kopf einrannten? Vier große, kräftige Trolle, zwar noch nicht ganz ausgewachsen, aber im besten Alter. Wer konnte ihnen schon etwas anhaben? So ein kleiner Wicht wie der Zwerg schon mal nicht, das war klar.

Er ging auf die Tür zu, bremste jedoch fast sofort wieder ab. Lissa war stehen geblieben, ebenso wie der Zwerg und beinahe wäre er in die beiden hineingelaufen. Orf verdrehte die Augen, so würden sie nie das Innere der Hütte erreichen. Kato brabbelte irgendetwas Unverständliches, was jedoch in Orfs verstimmtem Gemurmel unterging. Der Zwerg schwankte, ganz als wolle das eine Bein stehen bleiben, während das andere vorwärts strebte. Die kleine Troll blickte fragend zu ihm auf, aber Orf konnte nur ratlos mit den Schultern zucken. Er hatte keine Ahnung was das sollte. Ein Ablenkungsmanöver vielleicht? Der Zwerg zappelte noch ein bisschen, taumelte hin und her und stand plötzlich starr wie eine Salzsäule. Er streckte sich zu seiner vollen Größe von 1,20 Meter und betrat die Hütte, als sei nichts gewesen.

„Das war komisch.", murmelte Lissa und wirkte ziemlich ernst. Was diese Kinder immer hatten. Sie hätten sie wirklich ins Dorf bringen sollen. Aber nun war sie einmal da. Orf schob das Mädchen durch den niedrigen Eingang und folgte selbst, tief gebückt, nach.

Sein Blick fiel überrascht auf das kleine Bett, die Feuerstelle und den Essbereich. Die Hütte hatte von außen längst nicht so groß gewirkt. Dann fiel ihm auf, dass sich der Bau die natürliche Aussparung des Berges zu nutze machte und das sie tatsächlich nahtlos in die Höhle überging. Nach einigen Metern verjüngte sich der breite Überhang zu einem Gang. Hier hatte Helmkator ein Tor installiert, wahrscheinlich um den wohnlichen Charakter der Hütte irgendwie aufrecht zu erhalten. Wer hatte schon gerne ein gähnendes, schwarzes Loch in der Wohnzimmerwand.

Das Tor stand offen. Kvin hatte den Riegel entfernt und an die Wand gelehnt. Allun und Thimor hatten sich jeweils eine Fackel aus den Halterungen gelöst und standen schon im Gang vor dem Tor, bereit die Höhle zu inspizieren. Im Gang hob sich die Decke merklich, wie der Schein der Fackeln bereits jetzt verkündete, das würde es ihnen ermöglichen aufrecht zu stehen. Kvin und Lissa passierten das Tor und betraten die Höhle. Orf hatte es eilig ihnen zu folgen und so bemerkte niemand, dass der Zwerg zurückblieb.

Sie schritten zunächst zügig im Schein der Fackeln voran, allerdings ließ das Tempo nach, je weiter sie in die Höhle vordrangen. Sie wussten nicht, was sie zu finden hofften und dies war ihre einzige Spur. Also hielten sie nach allem Ausschau.

Sie passierten das Lager, von dem Kato ihnen berichtet hatte und warfen einen Blick hinein. Die Vorratskammer war wohl gefüllt, ganz wie der Zwerg gesagt hatte. Unheimliche Vorgänge entdeckten sie jedoch nicht. Auch die zweite Höhle führte zu keinen neuen Erkenntnissen. Also folgten Thimor und Allun dem Gang weiter hinab in die Tiefe.

†

Phase 4:

Wie ein Blitz durchfuhr es Thimor. Er konnte keinen einzelnen Muskel rühren. Sein Blick ging starr geradeaus, auf den Eingang der dritten Höhle fixiert. Sein linker Arm, leicht erhoben hielt immer noch die Fackel, die flackerndes Licht spendete. Ihr Anblick beruhigte ihn, auch wenn er sie nur aus dem Augenwinkel erkennen konnte. Für einen winzigen Moment war er sicher gewesen, das die Zeit stehen geblieben war. Allun neben ihm schien auf gleiche, abrupte Art zum Halten gezwungen worden zu sein, wie er selbst. Auch er bewegte keinen Muskel, doch Thimor konnte das aufkeimende Gefühl der Panik in seinem Cousin beinahe spüren.

Mit Entsetzen dachte er an Lissa und das niemand wusste wo sie waren. Kalter Schweiß bildete sich auf seiner Stirn und lief in einer dünnen Bahn an seinen Schläfen hinab. Es machte ihn wahnsinnig, dass er die Tropfen nicht fortwischen konnte, viel schlimmer wog jedoch, dass sie so verdammt leichtsinnig gewesen waren. Wenn seiner kleinen Schwester etwas passierte, würde ihm seine Mutter noch nachträglich den Kopf abbeißen. Er musste dieser Starre entkommen.

Mit aller Macht stemmte er sich gegen die unsichtbaren Fesseln. Vergeblich! Und dann erklang eine Stimme in seinem Kopf, die alles veränderte: „**Gehorche!**"

†

Lissa stutzte. Was war denn mit Thimor und Allun los? Sie bog grade aus der zweiten Kammer in den abschüssigen Gang ein, als sie die beiden jungen Trolle vor sich aufragen sah. Sie waren schon ein Stück weit entfernt, aber sie schienen mitten im Lauf zur Salzsäule erstarrt zu sein. Sie sah sich um. Kvin und Orf betrachteten immer noch Helmkators Werkzeugsammlung. Jungs….!

Sie sah wieder zu ihrem Bruder und blinzelte. Genau in diesem Moment schritten er und Allun weiter, als sei nicht das Geringste geschehen. Kein Zögern. Kein Blick zurück. Die Fackeln voran drangen sie weiter in die Tiefen der Höhle vor und ließen die Freunde in der tiefer werdenden Düsternis zurück. Das war gar nicht Thimors Art. Er war immer so sehr ‚großer Bruder', dass es zeitweise schon anstrengend wurde. Immer behielt er sie im Auge oder kritisierte an ihr herum. Als ob er in ihrem Alter schon so erwachsen gewesen wäre wie jetzt. Sie konnte sich sehr wohl erinnern, dass ihre Mutter ihm einige Male die Ohren lang gezogen hatte. Ein leises Anzeichen von schlechtem Gewissen regte sich in ihr. In den letzten Tagen war er wirklich sehr umgänglich gewesen. So von Thimor zu denken war vielleicht doch ein wenig ungerecht. Nun, wie auch immer: er würde sie nie in einer dunklen Höhle allein zurücklassen! NIEMALS!!

Sie lief zurück zu Kvin und Orf, die noch immer nichts mitbekommen hatten. Sie berichtete von ihren Beobachtungen und Kvins Augen schnellten zu der einzigen verbleibenden Lichtquelle, einer Kerze. Die beiden hörten zu, dachten nach, dann nickte Kvin. Orf war skeptisch was Lissas Beobachtungen anging, fühlte sich aber sichtlich unwohl bei dem Gedanken, dass ihn die Freunde ohne Fackeln zurückgelassen hatten. „Wo ist eigentlich Kato?", fragte er plötzlich und sah sich um. Einen kleinen Zwerg wie ihn konnte man ja schließlich schnell mal übersehen. Kvin zuckte mit den Schultern. Lissa schloss sich ihm an. „Bei den beiden anderen war er auch nicht. Er muss noch oben sein."

Orf streckte seinen Kopf aus der Kammer und starrte in die Dunkelheit. „Wie auch immer, wir stehen jedenfalls im Dunkeln! Sowohl von oben, wie auch von unten: kein Schimmer Licht. Na super!" Kvin blickte erneut auf die Kerze in der Wandhalterung über dem Werktisch. Allun hatte sie entzündet, gleich nachdem er die Felsenkammer betreten hatte. Das konnte sie nun retten. Generationen von Kerzen hatten ihre Überreste auf diesem Sims zurückgelassen und Kato hatte es nie für nötig gehalten sie zu entfernen. Er hatte lediglich immer wieder eine neue Kerze in den Wachs der Vorgänger gedrückt und so ein beinahe monumentales Kunstwerk geschaffen. Sie war so dick wie Lissas Unterarm und wies Dutzende von Wachslinien auf, die sich an ihren Hängen herabgewälzt hatten, wie Lava bei einem Vulkan. Seine kräftigen Hände schlossen sich um die Basis der Kerze. Sie war so sehr mit dem Sims verbacken, dass er mehrmals ansetzten musste um sie zu lösen.

Dann endlich trat er mit der Kerze in der Hand und mit Lissa und Orf auf den Fersen in den Gang hinaus. Sofort begann die Kerze bedenklich zu flackern. Kvin hob die große Hand und versuchte die tanzende Flamme vor dem seltsamen Luftzug zu schützen, der in der Höhle herrschte. „Wir haben zwei Möglichkeiten.", sagte er mit ernster Stimme, die seine beiden Begleiter aufhorchen ließ. „Entweder wir gehen nach oben, sehen nach Kato und besorgen uns jeder eine eigene Fackel oder wir gehen direkt Thimor und Allun hinterher, auf die Gefahr hin. dass das Licht ausgeht und wir noch tiefer in der Höhle stecken."
Sie sahen sich an. In ihren Gesichtern stand mehr als deutlich geschrieben, dass sie alle drei nichts lieber getan hätten, als den Freunden hinterher zu eilen. Andererseits wollte keiner von ihnen plötzlich in völliger Dunkelheit inmitten einer unbekannten Höhle feststecken. „Wir sollten nach Kato sehen.", entschied Orf. „Es gefällt mir nicht, dass er so plötzlich verschwunden ist." Kvin und Lissa stimmten zu. Da war etwas faul an der Sache.

†

Langsam aber stetig, um der Kerze nicht zusätzlichen Anlass zum Erlöschen zu geben, arbeiteten sich die drei aufwärts.

Nach fast einer halben Stunde tasten und ahnen, fanden sie sich vor dem Tor zu Helmkators Hütte ein. Sehr zu ihrem Erstaunen war es verschlossen. Lissa schluckte hart. Hatten sie sich so sehr in Helmkator getäuscht? Hatte er sie eingesperrt? Doch wie stellte er sich das vor? Sie waren zu fünft und er war alleine. Wollte er sie aushungern bis sie zu entkräftet waren um sich zu wehren? Vielleicht brauchte er sie auch gar nicht lebend. Vielleicht hatte er einen so tiefen Hass auf Trolle, dass er sie einfach für immer hier drin ließ. Aber er war ihr so nett und hilflos erschienen. War das alles nur eine Masche gewesen? Hatte er ihnen etwas vorgespielt, um sich ihr Vertrauen zu erschleichen? Eine Träne der Enttäuschung lief ihr über die Wange.

Orf war praktischer veranlagt. Er trat auf das stabile Tor zu und rüttelte daran. Es bewegte sich keinen Millimeter. Auch ein kräftiger Tritt half ihnen nicht wesentlich weiter, abgesehen davon, dass er danach ein wenig humpelte. Er drehte sich zu Kvin um und zuckte mit den Achseln. „Da musst du wohl ran."

Kvin nickte, trat vor und hob die Kerze. Er betrachtete das hölzerne Hindernis eingehend. Sein Blick fiel auf die Angeln, sie waren auf der Innenseite angebracht, aber ohne einen Hebel würde ihnen das nicht viel nützen. Die beiden hölzernen Flügel des Tores waren nur durch eine schmale Fuge von einander getrennt. Sie würden ein Brecheisen oder ähnliches benötigen. Kvin schüttelte den Kopf. Das war alles total unlogisch. Sie würden höchstwahrscheinlich jedes Werkzeug das sie benötigten unten in der zweiten Kammer vorfinden. Wahrscheinlich sogar genug um noch einige weitere Tore aufzubrechen. Und sollte das Öffnen des Tores doch ein wenig länger dauern, so hätten sie in Katos Speisekammer ausreichend Nahrungsmittel, um einige Wochen zu überbrücken. Bis dahin hätte sich selbst Lissa mit ihrem Kuschelwolf durch die Tür gearbeitet. Kvin schüttelte den Kopf erneut. Das machte doch alles keinen Sinn.

Er schob die Kerze näher an eine seltsame Nut heran und runzelte die Stirn. Er schob seinen ausgestreckten Zeigefinger der rechten Hand hinein und sah zu wie dieser verschwand. Der Kerzenschein und die Maserung des Holzes sorgten für eine optische Täuschung. Tatsächlich handelte es sich um eine aufgesetzte Blende. Dahinter befand sich ein metallischer Riegel. Er zog daran. Das Tor sprang auf!

Die drei Trolle atmeten synchron erleichtert auf und traten in die Lichtdurchflutete Hütte. Der schwere Riegel lehnte immer noch an der Wand, wo Kvin ihn abgestellt hatte. Helmkator lag dahingestreckt auf seinem Bett. Seine Augen waren offen, sein Atem ging langsam und flach. Keine Wimper regte sich.

Lissa rüttelte an ihm, doch sein Kopf wackelte einfach nur locker hin und her. Also hörte sie auf, um ihn nicht noch zu verletzten. Stattdessen schlug sie ihm mit der flachen Hand sachte auf die Wangen. Nichts! Der Zwerg lag vor ihnen wie eine leere Hülle.

Orf ging rabiater an die Sache heran. Er griff nach einem großen Kessel und einem metallenen Schöpflöffel und schlug sie derart hart aneinander, dass der Staub von den Dachbalken herabrieselte. Kvin und Lissa hielten sich die Ohren zu und kniffen die Augen zusammen. Der Lärm war unbeschreiblich, doch weder aus den Tiefen der Höhle noch aus dem Bett des Zwerges kam irgendeine Reaktion.

Lissa machte sich Sorgen um Thimor und Allun. Selbst Kvins und Orfs Gesichter zeigten höchste Anspannung. Orf legte Kessel und Löffel bei Seite und schnappte sich die stattliche Axt des Zwerges, die neben dem Bett auf dem Boden lag. Kvin betrachtete währenddessen den Inhalt der Regale genauer und entdeckte bald was er suchte. Er füllte einen Beutel mit Fackeln, Feuerstein und Zunder und warf ihn sich über die Schulter. Zwei Fackeln entzündete er und drückte eine davon Lissa in die Hand.

Das der Zwerg keine Reaktion zeigte war für die drei das sichere Zeichen, dass er wieder von seinem seltsamen Zustand befallen war. Was wenn das gleiche Phänomen auch Allun und Thimor erwischt hatte? Aber warum nicht sie selbst? Sie beschlossen äußerste Vorsicht walten zu lassen.

Anstatt den Freunden hinterher zu eilen, ließen sie sich Zeit, leuchteten in jede Ecke und warfen einen Blick um jede Kehre des Ganges, bevor sie sie einer nach dem anderen passierten. Sie arbeiteten sich bis zur dritten Kammer vor, in der sie außer einigen Abraumhügeln, die von Katos Abbaumaßnahmen zeugten und mehreren Quadern Holz, nichts Interessantes fanden. Hinter der dritten Kammer zog sich der Gang ziemlich weit dahin, machte immer wieder Windungen und Schlenker bis er sich zuletzt weitete und in einer Galerie auslief.

Die beinahe gleichmäßig durchbrochene Wand hatte den Flair einer überdachten Terrasse oder eines Wintergartens. Die Fluten eines unterirdischen Flusses hatten lediglich die Säulen und den Boden aus Basalt stehen lassen und das ehemalige weiche Gestein dazwischen einfach fort gewaschen. Sie folgten der leicht abschüssigen Rampe bis sie den Boden der Kaverne erreichten.

An vereinzelten Basaltsäulen und Trollhohen Brocken, die aus der Decke gebrochen waren, führte der Weg auf einen unterirdischen See zu. Orf gelangte als Erster an den Engpass zwischen zwei mehr als drei Meter dicken Basaltsäulen und einem knapp fünf Meter hohen Basaltbrocken. Vorsichtig spähte er voraus in Richtung See. Irgendwo hier mussten ihre beiden Freunde doch sein. Hoffentlich waren sie in ihrem Wahn nicht in den See gesprungen. Lissa hörte wie er nach Luft schnappte und fast sofort den Kopf zurückzog. Mit kalkweißem Gesicht und vor Angst weit aufgerissenen Augen drehte er sich zu Kvin und Lissa um.

Orf lehnte sich an den Gesteinsbrocken und rutschte langsam daran herab. Lissa eilte zu ihm, zum einen aus Angst er sei nun ebenfalls von der komischen Krankheit befallen, zum anderen um zu erfahren, ob er ihren Bruder gesehen hatte.

Kvin hingegen zog die Augenbraue hoch, rammte die Fackel in den Kiesboden und wandte sich der Lücke zwischen dem Gestein zu. Mühsam hob Orf die Hand und hielt ihn zurück. „Nein!", hauchte er. „Bleib da weg. Sie darf uns nicht sehen, sonst ist es aus mit uns."
Kvin hielt überrascht inne und blickte auf Orf hinab. „Was hast du gesehen?", flüsterte er zurück.
Orf schauderte. „Thimor und Allun stehen kaum zehn Meter von diesem See entfernt. Sie halten immer noch ihre Fackeln in den Händen und rühren sich nicht. Und vor ihnen steht dieses riesige Ungeheuer. Leuchtend rot und mit drei Köpfen.
Kvin blinzelte. „Drei Köpfe?!"
Orf nickte und schauderte gleichzeitig.
„Das muss ich sehen!", murmelte Kvin, doch dieses Mal hielt Lissa ihn zurück. „Warte, ich habe da etwas, das uns helfen kann." Sie rammte ihre Fackel neben der Kvins in den Boden und klaubte ihren rosa Rucksack vom Rücken. Sie kramte eine Weile darin herum, dann kam etwas Rundes, Schimmerndes zum Vorschein.
„Ein Spiegel? Du schleppst allen Ernstes einen Spiegel mit dir herum? So was fällt auch nur Mädchen ein!", zweifellos, Orf war auf dem Weg der Besserung.
Lissa zuckte mit den Schultern, schlich an den Felsbrocken heran und spähte mit Hilfe des Spiegels zu ihrem Bruder hinüber. Vor Schreck hätte sie beinahe den Spiegel fallen lassen. „Verdammter Mist! Kvin er hat recht, sie stehen da einfach nur rum und das rote Vieh hat tatsächlich drei Köpfe."
„Komm zurück!", flüsterte Kvin, doch da war es bereits geschehen, die drei Köpfe fuhren herum und richteten ihren durchdringenden Blick auf Lissa.

Phase 5:

„Wuaaah", schrie das Monster „Was ist das denn? Nimm es weg!" Es stand da in einer völlig abstrusen Haltung. Das rechte Vorderbein war zum Schritt auf die Jungen zu erhoben. Wie erstarrt schielte es an seiner Nase vorbei auf das winzige runde Ding in der Hand einer kleinen Gestalt hinter dem Felsbrocken. „Nimm es weg!", wiederholte es, mit tiefer brummender Stimme.

„Nicht bevor du Thimor und Allun freigelassen hast.", fauchte Lissa, die nach dem Schreck zusehends zorniger wurde. „Was bist du überhaupt?"

„Ich bin eine Hydra. Ich muss fressen. Ich kann nicht einfach jemanden freilassen, der freiwillig in meine Höhle kommt, bloß weil so ein Zwerg wie du das so will.", beharrte das Biest. Es versuchte mit aller Macht sich aus den unsichtbaren Fesseln des eigenen Banns zu befreien. Seine sechs Augen quollen hervor und drei Halsschlagadern pulsierten bedrohlich. Erfolglos!

„Eher lasse ich dich von Orf und Kvin in Stücke schlagen, als dass ich zulassen werde, dass du meinen Bruder frisst.", schrie das Mädchen zum See hinüber. Neben ihr hob Orf in drohender Erwartung die mitgebrachte Axt und schwang sie mit grimmigem Gesicht. Kvin lugte an der Basaltsäule vorbei und grinste diabolisch.

Das Ungeheuer schluckte schwer. „Ihr könnt mich nicht töten, ich bin unsterblich!", behauptete es mit leichtem Zittern in der Stimme.

„Oh, da habe ich aber was ganz anderes gelesen.", konterte Kvin: „In Hägar Bestiens, *„Bestiarium von Maldoron"* steht geschrieben, dass man einer Hydra nur die Köpfe abschlagen muss.", rezitierte er. Kvin las viel.

Lissa nickte anerkennend. Orf hingegen flüsterte mit zusammen gebissenen Zähnen: „Okay, aber das würde wohl jeden umbringen! Super Recherche!"

„Pfft.", lispelte der linke Kopf der Hydra. „Der Mann hat keine Ahnung. Das einzige was passiert wenn du mir einen Kopf abschlägst, ist, dass ich schlechte Laune bekomme und mir an der Stelle zwei neue wachsen. Das heißt für euch, ich brauche danach noch mehr Fressen." Sie schielte zum rechten Kopf und fügte flüsternd hinzu: „Und ich verbringe die Ewigkeit in der Gesellschaft eines weiteren Trottels."

Der rechte Kopf streckte ihm zischelnd die Zunge raus.

„Ruhe.", brüllte der mittlere Kopf. „Ich bekomme Migräne wenn ihr euch ständig zankt." Die beiden angesprochenen Köpfe senkten sich betreten.

Die drei jungen Trolle starren fassungslos auf das Ungeheuer.

Der mittlere Kopf seufzte: „Ich bitte euch inständig mir keine weiteren Köpfe abzuschlagen. Ich bin bereits geschlagen mit denen die ich habe." Ihr strafender Blick richtete sich auf ihre Nachbarköpfe.

„Wir können dich von ihnen befreien", schlug Orf vor und winkte mit einer Fackel. „Wenn wir den Halsstumpf ausbrennen, wächst da kein Gras mehr, geschweige denn zwei neue Köpfe."

Ein breites Grinsen bildete sich auf den Lippen des Hauptkopfes, die beiden Nebenköpfe fuhren hoch und blickten den mittleren Kopf empört an. „Du denkst da doch nicht ernstlich drüber nach, oder?", lispelte der linke.

„Aber Erster, du wirst doch nicht…?"; rief der rechte entsetzt dazwischen.

„RUHE!", brüllt die Mitte. Hätte sie Hände gehabt, hätte sie sich an die Stirn gefasst. „Führt mich nicht in Versuchung!", zischte sie.

Lissa glaubte ein leises zählen zu hören, ganz als wollte sich jemand krampfhaft beruhigen.

„…acht, neun, zehn!" Die Hydra atmete tief durch und sprach: „Ich danke dir für dein freundliches Angebot, junger Troll aber ich fürchte, ich werde diese beiden auch weiterhin ertragen müssen.", der mittlere Kopf seufzte schwer. „Es kann sehr einsam werden hier so weit im Osten. Da nimmt man auch gerne lästige Gesellschaft in kauf."

Orf verneigte sich. „Wie du es wünscht! Ich fürchte nur, so kommen wir nicht weiter."

„Stimmt", bestätigte Lissa. „Wir werden nicht zulassen, dass ihr weitere Kinder fresst."

„Nun es sind doch nur drei, alle zwanzig Jahre, dass ist doch wirklich nicht zuviel verlangt, oder?", sagte die Hydra leicht überrascht.

Die Trolle riefen erbost durcheinander.

„Wie bitte?"

„Wir mögen unsere Verwandten und wollen sie nicht verfüttert sehen!"

„Friss doch deine eigene Brut"

Die Hydra wirkte verlegen. „Nun irgendetwas fressen muss ich doch."

Kvin trat vor. „Müssen es denn unbedingt Trollkinder sein?"

Die Hydra überlegte, mit einem der Hinterbeine kratzte sie sich geistesabwesend den rechten Schädel. „Sie sind einfacher zu fangen als die großen Trolle.", sagte der linke Kopf. „Man kann ihre Gedanken leichter manipulieren als bei den Großen.", sagte der rechte. „Außerdem sind sie nicht so widerspenstig.", ließ die Mitte vernehmen.

Kvin schüttelte den Kopf. „Ich rede nicht von Trollen. Warum geht ihr nicht auf die Jagd? Was ist mit Elchen oder so?"

„Nach Draußen?", schrie der linke Kopf und verdrehte die Augen angsterfüllt.

„Wo man uns sehen und angreifen kann?", keifte der rechte entsetzt.

„Wir fühlen uns auf dem Land nicht sonderlich wohl.", erklärte der mittlere Kopf. „Dort sind wir langsam und angreifbar. Das Wasser ist unser Element."

Kvin kratzte sich den schwarzen Schopf. „Und … wenn euch unsere Jäger drei Hirsche oder Rinder brächten?"

Die Hydra steckte die Köpfe zusammen und tuschelte, dann sagte die Mitte: "Hm …, sagen wir sechs."

„Übertreibt es nicht!", fuhr Orf dazwischen. „Drei saftige Rinder und Friede ist zwischen uns!"

„Wenn keine weiteren Übergriffe stattfinden, könnten wir über eine Belohnung von drei weiteren Rindern nachdenken; brecht ihr die Vereinbarung, sind eure Schädel endgültig ab!", bestimmte Kvin.

Erneute fragende Blicke zwischen den Hydrahäuptern, dann nickten sie einer nach dem anderen. „Das bedeutet, kein Herumgewurschtel mehr in unseren Köpfen!", betonte Kvin.

Alle Köpfe seufzten. „Aber uns ist langweilig.", sagten alle gleichzeitig.

„Wenn ihr auf unsere Vereinbarung eingeht und wir alle Trolldörfer darüber informiert haben, sollte keine Veranlassung dazu bestehen euch weiterhin zu verstecken. Ihr werdet allerdings die eine oder andere unangenehme Frage von Angehörigen beantworten müssen, das bleibt euch nicht erspart. Außerdem könnte ich euch den blauen See als Heimstatt empfehlen. Dort seid ihr allein aber nah genug an einigen Dörfern, falls ihr Gesellschaft wünscht."

„Unangenehme Fragen?", erkundigte sich der linke Kopf eingeschüchtert. „Warum?"

Lissa die bis jetzt geschwiegen hatte schob sich nach vorne. „Das kann ich dir sagen! Nimm Hennen zum Beispiel. Er ist mein Freund. Du hast ihn um den Verstand gebracht als du in seinem Kopf herumgepfuscht hast. Seine Eltern werden nicht erfreut darüber sein, dir alle zwanzig Jahre Elche oder Rinder zu bringen und sogar ein Schwätzchen mit dir halten zu müssen. Ihr Kind, MEIN FREUND, wurde gefoltert und traut sich nicht mehr vor die eigene Tür. Was er erlebt hat, wird ihn sein Leben lang begleiten; aber er hat wenigstens noch sein Leben!" Sie kam immer näher. „ANDERE hatten nicht so viel Glück!", fauchte sie die Hydra an.

Ängstlich trat das Ungeheuer einen Schritt zurück. Kvin und Orf hielten vor Schreck den Atem an. Nun war es mehr als offensichtlich, Lissa hatte vergessen den Spiegel weiter auf die Hydra zu richten. Sie war frei. Lissa schien es nicht zu bemerken. „Und wenn du jetzt nicht SOFORT Thimor, Allun und Helmkator frei lässt, dann mache ich eigenhändig Hackfleisch aus dir."

Die Hydra hob abwehrend die Vorderpfote. Der mittlere Kopf, anscheinend der klügste, blinzelte auf die Pfote hinab, während sich die anderen beiden, die Augen fest geschlossen, weit zurück lehnten, um den Abstand zu der kleinen Troll zu vergrößern. Die Vorderpfote wackelte und hob sich noch ein wenig höher. „Hm", machte der mittlere Kopf.

Nun verstand auch Lissa, doch statt den Spiegel wieder auf die Köpfe zu richten, reichte sie ihn dem erstaunten Kvin. Bevor er sie zurückhalten konnte machte das Mädchen noch einen Schritt vor. „Nun zeig mal wie ernst du es mit dem Frieden meinst.", forderte sie das Ungeheuer heraus. „Willst du diesem Schlachtfest ein Ende machen? Willst du dich frei auf dem Quamtrem bewegen? Willst du Teil der Trollgemeinde werden und viele Gesprächspartner haben? Oder willst du dir lieber einen kleinen Snack genehmigen?"

Die Pfote senkte sich ganz langsam. „Trollfleisch ist nicht besonders lecker.", gab die Hydra zu bedenken. „Da klingt dieser Deal schon sehr verlockend... aber..."
„Wo ist das Problem?", fragte Orf, nachdem er seinen Schreck überwunden hatte. Lissa lebte noch und war nicht gebannt. Ein Wunder!

„Wie uns dieses sehr zornige Mädchen hier erklärt hat, haben wir uns anscheinend schuldig gemacht! Wenn diese Trolle ihre Familienmitglieder verloren haben..., wie können sie uns dann je vergeben und in Frieden mit uns leben? Ich glaube wir haben Angst davor hinauszugehen."

Kvin blies die Wangen auf und ließ die Luft langsam entweichen. „Einfach wird es nicht für dich, aber wenn du es versuchen willst, helfen wir dir. Deine Chancen stehen auf jeden Fall besser, als weiter zu machen wie bisher. Wir wissen nun worauf wir zu achten haben und die Ältesten werden kein Pardon erteilen, wenn du nicht Besserung gelobst."

„Und da ist noch eine weitere Bedingung", meldete sich Lissa zu Wort. „Ihr sorgt dafür dass Hennen wieder gesund wird."

„Eine gute Idee Lissa. Das würde deinen guten Willen beweisen, Hydra. Gleich nachdem du unsere Freunde freigelassen hast.", betonte Kvin.

„Oh ja, natürlich." Die Hydra steckte ihre Köpfe zusammen. Ein eigenartiges Brummen erklang. Thimor und Allun rührten sich. Benommen und leicht schwankend traten sie zu Kvin und Lissa, viele Fragen auf der Zunge. Doch dann bemerkten sie die Hydra und schreckten zurück.

„Hallo.", meinte der linke Kopf und versuchte zu lächeln.

„Entschuldigt bitte den kleinen Zwischenfall, es war ein Versehen. Geht es euch gut? Alles in Ordnung im Kopf?", sagte die Mitte, einen abschätzigen Blick auf Kopf Nummer zwei werfend.

„Hallo?", fragte der dritte den linken Kopf. „Fällt dir nichts Besseres ein?"

„Entschuldige bitte, Kopf >Neunmalklug<, ich wollte nur höflich sein."

„RUHE!", brüllte die Mitte. „Gebt endlich Ruhe wenn ich mich mit vernünftigen Leuten unterhalte." Kopf zwei und drei schwiegen betreten.

Allun und Thimor stand der Mund offen. „Was geht den hier ab?", fragte Thimor Lissa aus dem Mundwinkel. Seine Augen waren fest auf das dreiköpfige Monster gerichtet, als erwartete er jeden Moment einen Angriff.

„Erzählen wir euch unterwegs, wir müssen Helmkator einsammeln und dann zum Dorf laufen, Hennen und die Ältesten holen.", sagte Kvin.

„Hennen?", fragte Allun.

„Die Ältesten?" fragte Thimor.

„Ihr werdet es schon verstehen, wenn...", begann Lissa. Erneut hob sich Geschrei an, dieses Mal jedoch vom Eingang der Höhle her. Helmkator brüllte wie am Spieß ihre Namen. „Lissa, Orf, ... Kinder wo seid ihr? Ich werde noch wahnsinnig! Meldet euch!"

Das Geschrei kam näher. Der Zwerg bog mit großer Geschwindigkeit um eine Kurve und lief fast in die kleine Gruppe hinein. „Komala sei Dank!", prustete er, dann erblickte auch er die Hydra. Seine Gesichtszüge entglitten ihm vollkommen. „Bei Elviannas loderndem Atem, was macht dieses Monster in meiner Höhle?"

„Deine Höhle?", fragte Kopf Nummer drei.

„Wir waren schon hier, als der Fluss noch aus dem Höhleneingang austrat und den Berg hinab lief.", sagte der linke Kopf und reckte stolz das Haupt.

Eine große Pfote stupste Orf an. „Darf ich auf dein Angebot mit dem Ausbrennen zurückkommen? Ich beiße die beiden Schwätzer gleich persönlich ab und du musst mir mit der Fackel nur assistieren."

Sofort trat Ruhe in der Höhle ein.

„Gut!" sagte Kvin, während Orf sich mühsam ein Lachen verkniff. „Warte bitte hier Hydra, wir laufen los und holen Hennen und die Ältesten, damit sie unser Abkommen besiegeln!"

Die Hydra nickte und die fünf Trolle machten sich gemeinsam mit dem Zwerg auf den Weg ins Dorf.

Phase 6:

„Es ist voll gemein das ich nicht mit hinein darf.", maulte Lissa, pflanzte ihr rosabestofftes Hinterteil auf einen der gefällten Baumstämme, die den Holzvorrat des Zwerges bildeten und kreuzte schmollend die Arme.

„Es ist total unfair uns wie kleine Kinder draußen warten zu lassen, während sie drinnen verhandeln! Immerhin haben sie alles uns zu verdanken.", klagte Thimor und pflanzte sich neben seine Schwester. Diese verpasste ihm einen Knuff in die Rippen, was ihn eilends eine Entschuldigung murmeln ließ.

„Es ist eine unerhörte Frechheit mich aus meiner eigenen Behausung zu verbannen. Was erlauben sich die Trolle eigentlich?", knurrte Helmkator und setzte sich ebenfalls. Entrüstetes Schweigen ließ ihn sich umschauen. Trolle, allesamt! „Ach euch meine ich doch nicht Kinder. Diese aufgeblasenen Ältesten meine ich. Bloß weil ich kleiner bin als sie, bin ich noch lange nicht unmündig!"

†

Es hatte alles schon verzwickt angefangen. Sie hatten Helmkators Höhle verlassen und sich auf den Weg ins Dorf gemacht. Unterweg waren sie auf einen der Jagdtrupps ihres Dorfes gestoßen, deren Mitglieder einige peinliche Fragen bezüglich der Anwesenheit eines Zwerges stellten. Die Jäger gaben keine Ruhe und bestanden darauf Helmkator in Gewahrsam zu nehmen.

Kvin stimmte zu, unter der Voraussetzung, dass der Gewahrsam im Dorf stattfand und der Zwerg zunächst den Ältesten vorgeführt würde.

Gesagt! Getan! Helmkator, nun umringt von seinen Freunden und mit dem zweiten Kreis aus erwachsenen Trolljägern umgeben, gab bei seinem Einzug ins Dorf einen grandiosen Anblick ab. Sie sahen aus wie eine Formation, die sich zum Volkstanz auf dem Dorfanger bereit machte, nur dass der äußerste Kreis nicht mit Blumen und Ähren, sondern mit Waffen gespickt war. Jeder der Jäger trug seinen Bogen und Köcher auf dem Rücken und in den Händen hielten sie die berüchtigten Kurzspeere der Trolle. Der Begriff Kurzspeere wurde allerdings lediglich zwischen Trollen verwendet, auf jeden anderen Bewohner Maldorons wirkten sie eher wie Belagerungsmaschinen. Wo sie trafen, wuchs in der Regel kein Gras mehr.

Schon weit vor dem ersten Haus hatten einige Kinder sie erspäht. Während ein Teil zurücklief, das Dorf alarmierte und dafür sorgte, dass auch wirklich jeder einzelne Troll am Wegesrand vor seiner Haustür stand, bildete die Mehrzahl von ihnen einen weiteren Kreis aus Neugierigen.

Der Zwerg kam sich vor wie ein Schwerverbrecher, der aufs Schafott geführt wurde.

Kein Laut erklang, alle Trolle starrten ihn einfach nur an, als sei er ein Ungeheuer. Man hätte meinen können, sie erwarteten, dass ein einzelner Zwerg das ganze Dorf auszurotten vermochte. Helmkator war ernsthaft versucht laut „Buh!" zu rufen, nur um zu sehen, wie alle in ihren Häusern verschwanden. Doch ein solches Verhalten würde seine Situation kaum verbessern. Lissa, die sein Unbehagen spürte trat zu ihm und nahm seine Hand. Jeder sollte sehen, dass er keine Gefahr darstellte und in freundschaftlicher Absicht zu ihnen kam. Die alten Geschichten vom Zwist zwischen

Zwergen und Trollen waren tief verankert. Ein kollektives, entsetztes Einatmen durchzog die Menge wie eine Welle. Als Lissa nichts geschah entspannten sie sich wieder, was zu einer zweiten Welle führte. Wäre die Sache nicht so ernst gewesen, Helmkator hätte schallend gelacht.

Das Dorf war nicht groß. Alles in allem mochten vielleicht fünf- oder sechshundert Trolle hier eine Heimat finden, aber sie besaßen alles was ein abgeschiedenes Leben auf einem weit verzweigten Bergplateau benötigte. Der Zwerg sah das Haus eines Heilers, mit einem üppigen Kräutergarten davor, und eine Schule. Da Ferien waren saß der Lehrer auf einer Bank vor dem Gebäude, im Schatten gewaltiger Apfel- und Kastanienbäume, und sah dem Schauspiel kopfschüttelnd zu. Mühsam erhob sich der alte Troll und folgte den Neuankömmlingen gemächlichen Schrittes. Vermutlich war er Teil des Ältestenrats und hatte beschlossen, dem Ruf nach ihm voraus zu eilen.

Sie passierten das Gebäude des Schmieds, dessen breites Tor weit geöffnet war. Im Klauenstand wartete eine einsame Kuh darauf dass ihre Hufe inspiziert wurden, doch niemand kümmerte sich um sie. Nervös schlug sie mit dem Schwanz und verscheuchte einige aufmüpfige Fliegen, bevor sich ihr Augenmerk auf den ebenfalls unbeaufsichtigten Futtersack richtete.

Die Esse war ebenfalls unbewacht, im Feuer lag Funken sprühend der glühende Stahl. Der Blasebalg hing schlaff herab. Die gesamte Belegschaft stand am Weg und gaffte. Nun konnte Helmkator nicht mehr an sich halten. „Behalte dein Feuer im Auge, Mann!", fuhr er den mit einem schweren Lederschurz gekleideten Troll an. „Hat man dir denn gar nichts beigebracht? Du fackelst noch das ganze Dorf ab."

Der Schmied lief hochrot an. Gehetzt blickte er zum offenen Tor der Schmiede, sah die sprühenden Funken und machte auf dem Absatz kehrt. Eilig lief er zurück in die Werkstatt und zog mit der Zange den glühenden Stahl aus dem Feuer. Auch der Rest der Belegschaft ging unaufgefordert schleunigst wieder an ihre Arbeit.

Unterdessen zog die Parade unbeeindruckt weiter an Wohngebäuden und Werkstätten vorbei, bis zum runden, mit rosafarbenem und grauem Granit gepflasterten Marktplatz im Ortskern. Die Mitte bildete ein Brunnen im Schatten einer mächtigen Bergulme, umringt von Bänken, die zum Verweilen einluden. Helmkator seufzte. Gegen eine kleine Rast hätte er nichts einzuwenden, die letzten Stunden waren anstrengend gewesen. Entlang der Marktfläche reihten sich die Gebäude des Bäckers, des Fleischers, des Webers und das Gemeindehaus. Ihnen gegenüber schob sich das voluminöse Haus der Götter hervor.

Bevor man Helmkator durch die hohe Tür des Gemeindehauses schob, verbeugte er sich in Richtung des heiligen Gebäudes. Er wusste dass auch Tholmag, die Gottheit der Zwerge, in diesem Haus ein Zimmer besaß. Ein bisschen Ehrerbietung konnte nicht schaden. Er war schließlich seit längerem keinem Tempel mehr nahe gekommen und die kleinen Kapellen in Xaxemm wollte er nicht wirklich zählen.

Der Zwerg hatte den Glauben der Trolle, zumindest soviel wie er davon wusste, immer beeindruckend gefunden. Er wusste, dass in diesem Haus jedes Mitglied der göttlichen Familie ein eigenes Zimmer besaß. In regelmäßigen Abständen besuchten die Trolle nacheinander jedes Mitglied. Natürlich waren die Götter nicht neidisch, sie nahmen auch keinem übel wenn er bei seinem „Lieblingsgott" etwas länger verweilte; sie wurden als eine göttliche Einheit verehrt und nur die Geste des Besuches zählte. Helmkator bewunderte diese Einstellung.

,Komisch', dachte er bei sich, während er über die Türschwelle schritt. *,wie unterschiedlich wir doch alle geraten sind.'*

Die Pforte zum Gemeindehaus in dem die Ältesten Rat hielten, führte sie in einen schmalen Vorraum an dessen nackten Wänden sich Holzbänke aneinander reiten. Sitzgelegenheiten für Bittsteller und Zeugen. Alles war selbstverständlich auf die Größe der Trolle ausgerichtet, sodass sich die Sitzflächen ungefähr in Helmkators Kopfhöhe befanden. Es war sehr befremdlich als einer der Jäger an ihn herantrat, ihn bei den Hüften packte und ihn auf die Bank setzte. Trotzdem dankte der Zwerg ihm vorsichtshalber, man konnte ja nie wissen ob man sich noch ein zweites Mal begegnete.

Der große Troll brummte etwas in sich hinein, was verdächtig nach „Zapple nicht herum", klang. Hervorragend, man behandelte ihn wie ein Kind mit Bart. Wäre er nicht so aufgeregt gewesen, er hätte sich entschieden dagegen verwehrt.

Ein weiterer Jäger, ein großer dünner Kerl mit rotem Pferdeschwanz klopfte an die breite Steineichentür die zum Versammlungssaal führte. Ein tiefes „Herein", antwortete ihm. Der Jäger verschwand.

†

Die Stundenglocke im Haus der Götter schlug zwei Mal bevor sich die Tür erneut öffnete. Weitere Jäger wurden hereingerufen. Thimor und Orf die sich bereits erhoben hatten, setzten sich wieder. Die Freunde tauschten stumme Blicke, dann erhob sich Kvin. Er rückte seine Kleidung zurecht und trat an die Tür. Krachend donnerte er seine große Faust auf das massive Holz. Bumm. Bumm.

Die Stimmen im Verhandlungssaal verklangen. „Ja?", fragte eine Frauenstimme.
Kvin öffnete die Tür und trat gemeinsam mit den vier Trollen und Helmkator im Schlepptau ein. „Wartet bitte draußen bis wir über den Zwerg entschieden haben, Kinder.", verkündete eine Troll mit langen grauen Haaren vom Ratstisch aus und

wies ihnen mit gichtgekrümmten Fingern die Tür. Ohne eine Antwort abzuwarten, wandte sie sich anschließend wieder ihrem Gesprächspartner zu.

„Nein!", sagte Kvin.

Er hörte wie Orf neben ihm scharf die Luft einzog. Die Troll war seine Urgroßmutter und er würde sich zu Hause wegen dieser Respektlosigkeit bestimmt einiges anhören dürfen. Wie es zu erwarten war, funkelte sie die Freunde entrüstet an.

„Wie bitte?", erklang nun die dunkle Bassstimme Quells. Nun waren es Lissa, Thimor und Allun die die Köpfe senkten. Quell war ihr gemeinsamer Großvater und das Oberhaupt des Ostwald-Clans.

Kvin trat einen Schritt vor und richtete sich zu seiner vollen Größe auf. „Ihr wisst, ich mache nicht gerne viele Worte, nur soviel; ihr könnt euch gerne noch einige Stunden mit einem Problem befassen, welches keines ist.", er deutete auf den Zwerg. „Oder aber ihr hört uns jetzt ein paar Minuten zu und rettet die nächsten Trollgenerationen davor von einer Hydra verspeist zu werden?"

In der darauf folgenden Stille hätte Schneefall wie Steinschlag geklungen.

Quell erhob sich langsam, die Augen fest auf den jungen Troll gerichtet. Seine Fäuste schwer auf den Tisch vor sich gestützt beugte er sich bedrohlich vornüber. „Es reicht bereits völlig aus, dass ihr einen Zwerg in unser Dorf gebracht und die Frauen und Kinder in Aufregung versetzt habt. Müsst ihr auch noch Ammenmärchen über unsichtbare Ungeheuer verbreiten? Seid ihr wirklich solche Kindsköpfe? Könnt ihr nicht ermessen welche Panik solche Lügen auslösen können?"
Die grauhaarige Drainar schlug in die gleiche Kerbe. „Die Kinder werden sich jetzt schon nicht mehr trauen allein in den

Wald zu gehen, aus Angst von wilden Zwergen angefallen zu werden und nun dies. Schämt euch! Alle samt."
Helmkator runzelte die Stirn. „Wild?", fragte er, doch Lissa legte ihm eine Hand auf die Schulter. „Lass ihn nur machen!", flüsterte sie.

Kvin ließ das gesagte über sich ergehen. Als den Ältesten der Atem ausging, holte er tief Luft. „Also, nur weil euch das gesagte nicht gefällt sollen wir Lügner und Panikmacher sein, ja? Okay! Dann zu den Fakten: Ich habe eine Hydra, geständig aber bereit mit uns Frieden zu schließen. Ihr könnt sie jederzeit sehen! Was habt ihr, außer leeren Beschuldigungen?"
Nach dieser Ansprache brach ein Tumult los, alles schrie durcheinander; Älteste, Jäger, die Freunde und der Zwerg.
Nach einigen Minuten gelang es Quell die Ordnung wieder herzustellen, auch wenn er sich dafür beinahe heiser brüllte.
Mit erhobenem Zeigefinger kam er auf seine Enkelkinder zu.
„Wenn das ein dummer Scherz ist …"

Lissas grüne Augen klimperten ihn von unten her einschmeichelnd an. „Ooopa!", sie fasste nach seiner anderen Hand und kuschelte sich an ihn. „Ich schwöre, die Hydra gibt es wirklich. Sie befindet sich in einer Höhle im Hammergipfel. Wir haben sie dort gefunden und sie davon überzeugt, dass es unrecht ist Trollkinder zu fressen. Helmkator war uns dabei eine große Hilfe. Wir haben nach einer Lösung gesucht und haben auch eine gefunden. Sie ist einverstanden mit uns zu verhandeln aber dafür brauchen wir euch!"

Quell blinzelte und ließ den erhobenen Finger sinken.
„Verhandeln?", fragte die grauhaarige Drainar.
Lissa nickte, sodass ihr brauner Pferdeschwanz wild tanzte.
„Sie muss essen! Alle zwanzig Jahre braucht sie Nahrung. Wir haben sie davon überzeugt, dass Hirsche oder Rinder viel besser geeignet sind als Trollkinder. Wenn ihr zustimmt, dann sind zukünftig alle in Sicherheit und niemand verschwindet

mehr einfach so. Wir müssten sie ihr nur zur Verfügung stellen, weil sie an Land nicht richtig jagen kann."

Die erwachsenen Trolle starrten das Mädchen fassungslos an.

Nur zur Sicherheit, damit auch wirklich alle verstanden, fuhr Lissa fort: „Sie ist sogar bereit aus den Höhlen und unterirdischen Flusssystemen hervor zu kommen. Wir denken, dass sie gut in den blauen See passen würde, dann könntet ihr sie im Auge behalten und wir sie ab und zu besuchen."

Quell kam aus dem Staunen nicht heraus. „Du willst sie besuchen?", fragte er entsetzt. „Sie hat Trolle umgebracht! Das muss bestraft werden!"

„Du kannst sie nicht umbringen, ihr wachsen höchstens noch mehr Köpfe. Wir müssen also irgendeine andere Lösung finden. Was geschehen ist, ist geschehen und lässt sich nicht mehr rückgängig machen.", sagte Orf und warf Drainar einen flehenden Blick zu, dann fügte er kleinlaut hinzu: „Außerdem wusste sie nicht dass es falsch war was sie tat, sie musste doch fressen!"

Kvin warf Orf einen anerkennenden Blick zu und nickte. Der junge Troll errötete.

„Ihr habt euch das ja alles schön zurecht gelegt, Kinder.", begann Drainar bissig. „Aber Rinder kosten Geld und selbst wenn die Jäger Hirsche herbeischaffen würden, würde das einen Ausfall für das Dorf bedeuten. So etwas kann man nicht einfach zusagen, so was muss in Ruhe durchdacht werden. Wir werden eine Versammlung abhalten und sehen was das Dorf dazu sagt."

Nun platzte Thimor endgültig der Kragen. „Es reicht, Älteste. Du willst doch nicht allen Ernstes das Leben von Trollen gegen Rindviecher verrechnen wollen, oder? Es ist ja schön, wenn du den Geldsäckel des Dorfes behütest, aber wir haben hier die Möglichkeit Leben zu retten, dauerhaft." Drainar schnappte nach Luft, doch Thimor ließ sie nicht zu Wort kommen. „Was glaubst du denn was die Eltern des nächsten verschwundenen

Kindes mit dir machen, wenn du ihnen erklärst, dass es weniger wert ist als eine Kuh?"

Drainars Augen sprühten vor Zorn, aber sie schloss verbiestert den Mund.
„Ich könnte der nächste sein, Granni!", sagte Orf leise.
Drainars Gesicht fuhr herum und ihre Züge glätteten sich.
„Das würde ich zu verhindern wissen.", murmelte sie und nahm ihren Urenkel in den Arm.
„Wie denn?", fragte er und blickte zu ihr auf. „Willst du alle Kinder wegsperren?"
Darauf hatte die Alte keine Antwort.

Der Zwerg blickte von einem ratlosen Gesicht zum nächsten. Das war seine Chance sich in Erinnerung zu bringen. Gegen Geldsorgen konnte er etwas tun. Er kletterte auf einen der Sessel der Ratsversammlung und verkündete: „Wenn es euch hilft eine Entscheidung zu treffen, dann werde ich für die Rinder bezahlen." Er zog einen ungeschliffenen Diamanten aus seinem Beutel und legte ihn auf den Tisch. „Das dürfte für einige hundert Jahre reichen.", meinte er, während die Trolle zunächst den Hühnereigroßen Stein und dann den Zwerg anstarrten. „Wenn ihr mir helft die ersten Rinder zu beschaffen, erkläre ich mich sogar bereit sie zu züchten. In den kommenden zwanzig Jahren sollten wir eine ausreichende Menge zusammenbekomme, um die Hydra zu füttern." Der Blick der Trolle wanderte immer noch ungläubig zwischen dem Zwerg und dem Edelstein hin und her.

Der Zwerg stemmte die Arme in die Hüften und starrte zurück. „Ihr wollt mir doch jetzt nicht damit kommen, dass ich den Stein nicht hätte abbauen dürfen, oder? Ich habe bis jetzt viel guten Willen und Ruhe bewiesen aber diese Berge gehören nicht euch allein."

Drainar senkte betreten den Blick und schloss den bereits zum Widerspruch geöffneten Mund.

Orf wandte sich ab um sein breites Grinsen zu verbergen. Thimor hingegen trat zu Helmkator. „Dieser Zwerg hier, war uns eine große Hilfe. Er hat sich jederzeit korrekt verhalten und dass er jetzt sogar dafür bezahlen will damit wir Kinder alle sicher sind, sagt ja wohl alles. Kommt mit uns und sprecht mit der Hydra. Hört euch an was sie zu sagen hat. Wir können bei diesem Handel eigentlich nur gewinnen."

Helmkator schenkte ihm einen dankbaren, etwas verlegenen Blick und knuffte ihn am Oberschenkel.

‚Was für prächtige Kinder! Immer für eine Überraschung gut.', dachte Quell völlig überwältigt und nickte geschlagen.

†

Der Dorfbüttel wurde gerufen um für die Sicherheit der Ältesten zu sorgen. Auch die Jäger sollten als Geleitschutz mitkommen. Einige junge Trolle wurden zum Orgrat-Gipfel-Clan, dem Felsenbach-Clan und weiter zum Hochbach-Clan geschickt um dort die hastig geschriebenen Nachrichten von Quell zu überbringen. Dies war eine Entscheidung die alle betroffenen Trollclans gemeinsam treffen mussten.

Anschließend machten sich alle auf den Weg zum Hammergipfel. Die Freunde liefen vorne weg, gefolgt von Quell, Drainar, den restlichen Ältesten und dem Büttel. Den Schluss bildeten die Jäger.

<u>Quamtrem, 38. Phanistog im Jahr des Thorweg, 21:24 Uhr</u>

Nun saßen sie hier vor Helmkators Hütte auf den Baumstämmen und spielten den Wegweiser. In unregelmäßigen Abständen trafen weitere Abordnungen ein, während die Sonne schon lange vom Horizont verschwunden und dem Mond gewichen war.

Die erste Gruppe kam vom Orgrat-Gipfel. Ein Büttel, drei Älteste und ein älteres Ehepaar erschienen auf der Lichtung. Fragend, beinahe ängstlich blickten sie sich um. Thimor winkte und deutete auf den Eingang der Hütte. „Guten Abend. Geht bitte hinab bis an den Teich, da werdet ihr unsere Ältesten finden. Der Weg ist gut ausgeleuchtet", rief er ihnen zu.
Sie nickten und folgten den Anweisungen schweigend, wobei der Mann seine Frau beim Eintritt in die Hütte stützen musste.

„Auch wenn dafür mein gesamter Fackelvorrat drauf geht.", murmelte Kato in seinen struppigen Bart. Allerdings musste er zugeben, dass ihn der Büttel freundlich um Erlaubnis gefragt hatte, bevor er zusammen mit den Jägern, die Höhle mit Fackeln ausgestattet hatte. Nun war Kato aber nicht in der Stimmung solche Argumente gelten zu lassen. Er fühlte sich entmündigt und war mit der Situation komplett überfordert. Seine Hütte, seine Höhle, alles voller Trolle. Noch dazu mit Trollen, die ihn größtenteils ansahen, als wäre ER das Monster vom Quamtrem.
„Wird ganz schön eng werden da drin, mit so vielen Trollen.", murmelte Allun und gab Kato einen freundlichen Knuff. Die Freunde gaben sich alle Mühe, dem Zwerg die Situation zu erleichtern, kamen jedoch nicht wirklich vorwärts.

Kurz darauf trafen die Gruppen vom Felsenbach und Hochbach ein, die gemeinsam reisten. Thimor wiederholte seine Anweisungen. Einer der Ältesten kam zu ihnen hinüber und erwiderte den Gruß. Sein Blick blieb einen kurzen Moment an Helmkator hängen, der versuchte freundlich zu lächeln. „Stimmt es?", fragte er Thimor beinahe flehendlich. „Ist da wirklich eine Hydra drin?"
Alle nickten zustimmend und der Älteste wirkte erleichtert. „Nun das erklärt einiges. Endlich können wir ein wenig Licht in die Sache bringen. Wir haben die Nachricht weitergeleitet an die westlichen und nördlichen Clans, auch dort kam es zu einigen mysteriösen Vorkommnissen. Das Biest scheint ganz schön herumgekommen zu sein." Er klopfte Kvin und Orf die

ihm am nächsten saßen anerkennend auf die Schulter. „Das habt ihr gut gemacht Kinder. Haltet die Augen auf, im Laufe des Abends werden wohl noch weitere Abordnungen eintreffen." Der alte Troll verabschiedete sich und folgte seiner Gruppe in die Hütte.

Helmkator schüttelte staunend den Kopf. „Wenn mir jemand vor zwei Tagen erzählt hätte, dass meine Hütte heute vor hochgestellten Trollen überquellen würde, ich wäre schreiend fortgelaufen." Lissa kicherte.

Der Zwerg zwinkerte ihr zu und klatschte in die Hände. „Nun Kinder, es hilft alles nichts. Sie sind nun einmal alle da. Also lasst uns gute Gastgeber sein und etwas Essen zubereiten! Langes Verhandeln macht hungrig und langes Warten noch viel mehr."

Kvin und Orf sprangen auf und machten sich daran Feuerholz zu spalten. Sie schichteten einen beachtlichen Hügel neben der Stelle auf, die Helmkator ihnen als Feuerstelle gezeigt hatte. Lissa sammelte Steine und platzierte sie um die Feuerstelle, die Thimor von Laub und Gras befreit hatte. Allun und der Zwerg bauten in der Zwischenzeit den großen Kessel in seiner Hütte ab und brachten ihn nach draußen.

Kurz darauf krochen die Jäger vom Ostwaldclan aus der Hütte hervor. Reichlich blass um die Nasen nahmen sie einen Schluck aus dem Wasserschlauch den Helmkator ihnen reichte. „Was gibt es Neues?", erkundigte sich Kvin.

Heusbreu, der große und für einen Troll recht dürre Mann, setzte als letzter ab und dankte ihm. „Es gibt Schwierigkeiten!", sagte er tonlos.

Die Freunde blickten irritiert. Lissa fasste sich als Erste. „Sie werden der Hydra doch nichts tun, oder?", rief sie mit weit aufgerissenen Augen.

Heusbreu schüttelte den Kopf. „Das erledigt die Hydra schon ganz von alleine. Es war schrecklich!" Ein Schauder durchlief die große, schlanke Gestalt. „Die Ältesten haben die Hydra befragt. Sie hat zugegeben einige Trolle gefressen zu haben, allerdings vor langer Zeit. Das letzte Mal vor zwanzig Jahren.

Der mittlere Kopf versicherte glaubhaft, es nicht besser gewusst zu haben und sich jetzt ändern zu wollen. Nun ja, sie waren mitten in den Verhandlungen wie es nun weiter gehen soll, da mischten sich die beiden Seitenköpfe ein und es kam zum Eklat. Das arme Ding hat mir fast leid getan."

„Nun mach es doch nicht so spannend, was ist passiert? Leben noch alle?", rief Orf erschüttert.

„Ja, ja aber ich glaube sie sind alle ein wenig geschockt. Der mittlere Kopf hat bei dem ständigen Geschrei der anderen Köpfe irgendwann die Geduld verloren, den rechten im Nacken gepackt und solange geschüttelt bis dieser um Hilfe geschrieen hat. Quell musste dazwischen gehen, sonst wäre es um den rechten Kopf geschehen gewesen. Es war grausam! Der linke Kopf hat sich schlapp gelacht, bis der mittlere ihm einen mit der Tatze verpasst hat; danach schmollten die Seitenköpfe und die Verhandlungen gingen weiter. Dann allerdings traf der Orgrat-Gipfel-Clan ein und brachte das Ehepaar Gneis mit, dessen Junge vor einigen Monaten verschwand. Es war ein Drama. Frau Gneis weinte die ganze Zeit und ihr Mann war hin und her gerissen, ob er sich auf die Hydra stürzen oder seine Frau trösten sollte. LOKRUM, so heißt die Hydra übrigens, versicherte aber weiter felsenfest seit zwanzig Jahren nicht gefressen zu haben. Ihr könnt euch vorstellen was da unten jetzt abgeht. Drainar wirft ihr die ganze Zeit vor ein falsches Spiel zu spielen und Frau Gneis verlangt zu wissen wo die Knochen ihres Jungen sind, damit sie sie begraben kann. Es ist ein Elend. Wir mussten da raus."

Die Freunde sahen sich betreten an, dann hob Lissa die Hand. „Was haltet ihr davon, wenn zwei von euch endlich Hennen holen; Lokrum sollte ihn heilen bevor die ganze Sache eskaliert. Außerdem könnte er so seinen guten Willen beweisen."
„Eine sehr gute Idee!" beschied ihr Helmkator. „Und der Rest von euch besorgt uns einen Hirsch, damit wir etwas Fleisch zu

unseren Knollen haben. Ich fürchte die Nacht wird noch lang."
Er blickte auf und sah die nächste Gruppe eintreffen. „Na was
sag ich, da kommen schon die Nächsten. Je mehr Köche, desto
mehr verdorbener Brei, fürchte ich!", murmelte er in seinen
Bart und deutete mit seinem dicken Daumen auf die Tür seiner
Hütte. Die ankommenden Trolle nickten ihm und den
Mitgliedern des Ostwald-Clans kurz zu und traten ein. „Das
Wesen kann einem wirklich Leid tun."

†

Kurz nach Mitternacht trat Quell an das Lagerfeuer und strich
sich ermattet das Haar aus der Stirn. „Wir kommen nicht
weiter.", murmelte er und setzte sich zu seinen Enkeln. „Es tut
mir leid, dass ich euch nicht geglaubt habe. Aber ihr müsst
zugeben, mit einem Wesen wie Lokrum konnte niemand
rechnen."
Die Freunde grinsten verstehend. Die Hydra war wirklich…
speziell!
Quell seufzte. „Das Schlimme ist, dass Lokrum seine Schuld
nicht eingestehen will. Wir wären schon weiter, wenn wir in
diesem Punkt Gewissheit hätten. Die ganze Sache ist aber auch
wirklich zu verrückt."
„Ich verstehe das nicht.", sagte Orf Kopfschüttelnd. „Er hat
doch zugegeben dass er Trolle gefressen hatte. Er sagte sogar
dass er Angst davor habe den Angehörigen gegenüberzustehen.
Wieso sollte er jetzt auf einmal leugnen?"
Thimor nickte versonnen. „Das ist eine gute Frage, vielleicht
weil er es nicht war? Opa, frage doch bitte Lokrum wie weit
sein Höhlensystem geht. Er wagt sich nicht nach draußen,
wenn es also nicht bis an den Orgrat-Gipfel heranreicht, dann
ist dem Jungen der Familie Gneis etwas anderes zugestoßen,
vielleicht ein Unfall oder aber…es gibt mehr als eine Hydra."
Quell blickte anerkennend auf seinen Enkel hinab. „Ein guter
Ansatz. Das könnte es wirklich erklären. Ich werde ihn fragen."
„Und lass bitte jemanden alle Wasserstellen, Höhlen und
Schluchten aufschreiben, die sich in einer oder zwei Stunden

Entfernung zu den Dörfern befinden. Da unten sind Vertreter aller Quamtrem-Clans, es sollte ein Leichtes sein sie zu erfassen.", rief Lissa ihm hinterher.

Quell blieb stehen und drehte sich zu ihr um.

„Wenn es mehr als eine Hydra gibt müssen wir das unbedingt herausfinden und ich habe da auch schon eine Idee.", erklärte das Mädchen.

✝

Es wurde tatsächlich eine sehr lange Nacht. Ein Hirsch briet über dem Feuer und der Topf mit Knollen und Kräutern dampfte verlockend vor sich hin, als Hennen total verängstigt in Begleitung von zwei Jägern und seinen Eltern eintraf. Lissa winkte ihm zu, doch Hennen hatte keine Augen für sie. Es musste schrecklich für ihn sein, im Dunkeln vor die Tür gescheucht zu werden, selbst wenn ihn zahlreiche Erwachsene begleiteten.

Lissa schaute ihm traurig hinterdrein, während ihn die großen Trolle in die Hütte begleiteten.

Es vergingen nur wenige Minuten, dann verließen die einzelnen Abordnungen nacheinander in die Höhle. Lokrum hatte darauf bestanden. Er wollte kein Risiko eingehen. Die Hydra wusste aus ihren Erfahrungen mit Helmkator, dass die Macht des Bannes lediglich bis zur Tür der Zwergenhütte reichte. Die Ältesten würden sich also draußen in Sicherheit befinden. Nicht auszudenken, wenn Lokrum aus Versehen, die gesamte Führungsriege des Quamtrem bannte. Dann wäre es aus gewesen mit seiner Freiheit und wahrscheinlich auch mit ihm. Die verbleibenden Trolle würden Konfetti aus ihm machen.

Die Jäger hatten die Familie darauf vorbereitet, was sie unten in der Höhle erwartete. Trotzdem war ziemlich viel Mut erforderlich bei einer riesigen dreiköpfigen, roten Hydra nicht aus der Fassung zu geraten. Das lange Warten und Verhandeln war anstrengend gewesen und sie hatte es sich auf der Fläche vor dem unterirdischen See gemütlich gemacht. Obwohl sie die Pfoten vor sich ausgestreckt hatte, war sie immer noch größer als die Trolle.

Es dauerte einige Minuten bis Hennens Eltern den Jungen zwischen den großen Findlingen hindurch auf das Wesen zuschoben. Es hatte allerlei gutes Zureden und einiger Entschuldigungen seitens der Hydra bedurft, damit es überhaupt so weit kam.

Die beiden äußeren Köpfe behielten schielend die erhobenen Speere der Jäger im Blick und auch die Holzfälleraxt von Hennens Vater nötigte ihnen einigen Respekt ab. Aber wenigstens hielten sie ihre Klappen. Der mittlere Kopf beugte sich ein Stück hinab und erklärte den Umstehenden was als nächstes passieren würde, damit sie nicht in Panik gerieten und ihm ein paar zusätzliche Köpfe verschafften.

Der kleine Troll trat vor ihn hin. Er zitterte am ganzen Leib. Lokrum dachte darüber nach zu lächeln, überlegte es sich aber anders. Zu viele Zähne für die Nerven des kleinen Mannes. „Setz dich bitte!", bat er den Jungen.

Hennen setzte sich. „Los Jungs!", forderte er seine Nachbarköpfe auf. „An die Arbeit."

Sie steckten die Köpfe zusammen und ein eigenartiges Brummen erklang. Hennen zappelte ein wenig und sein Vater hob besorgt die Axt. Das Brummen schwoll immer mehr an und wurde von den Höhlenwänden zurückgeworfen. Einer der Jäger ließ seinen Speer sinken und fasste sich an den Magen. Er konnte die Vibrationen förmlich spüren.

Dann war ganz plötzlich alles vorbei. Das Brummen verklang und die Köpfe richteten sich wieder auf. Hennen öffnete die Augen.

†

Die Trolle hatten sich um das Lagerfeuer versammelt. Die meisten saßen auf eilig heran geschleppten Baumstämmen und wärmten sich die kühlen Finger an den Flammen. Quell stand mit den anderen Clanoberhäuptern ein wenig abseits, argwöhnisch beobachtet von Helmkator und seinen neuen Freunden. Was würden sie nun entscheiden? Würden sie es zulassen, dass alles ein gutes Ende nahm? Schwer zu sagen. Es war viel passiert in den letzten Jahrhunderten.

Es war eine schweigsame Runde und so vernahm ein jeder das Quietschen der Hüttentür als diese sich langsam öffnete. Hennen streckte den Kopf hervor und erblickte Lissa. Freudestrahlend kam er auf sie zu gelaufen und umarmte sie heftig.

„Wie geht es dir?", fragte sie atemlos und voller Erwartung.

„Wunderbar!", versicherte Hennen. „Lokrum hat alles wieder gerichtet. Ich fühle mich toll. Mama war ein wenig entsetzt als ich ihn zum Dank umarmte, aber ich glaube sie ist einfach nur froh dass ich wieder richtig im Kopf bin."

„Siehste!", sagte Orf und streckte Lissa die Zunge heraus.

Hennen und Lissa beachteten ihn gar nicht.

Helmkator sah wie die Clanchefs die Köpfe zusammensteckten und sich zuflüsterten. „Wie können wir sicher sein, dass er wirklich wieder in Ordnung ist?", fragte Trambold vom Felsenbach-Clan.

„Er hat recht!", meinte Cilla vom Hochbach-Clan skeptisch. Sie war sogar noch größer als die männlichen Trolle und beäugte die beiden Kinder über die Köpfe ihrer Kollegen hinweg. „Die Hydra könnte ihn beeinflussen und uns vormachen lassen, dass es ihm gut geht."

Quell nickte. „Ich werden mit seinen Eltern sprechen, sie werden am ehesten wissen, welches sein normales Verhalten …"

Hinter ihm erklang schallendes Gelächter. Voller Begeisterung räumte Hennen in diesem Moment eine kleine Sammlung Steine aus seinen Kitteltaschen, die er auf dem Rückweg durch die Höhle aufgelesen hatte. Und allen seinen Freunden wurde auf einem Mal klar, dass der kleine Steinsammler wieder der Alte war. Überschwänglicher Jubel hob an und man rutschte auf den Baumstämmen zusammen, um mehr Platz zu schaffen. Alle waren erleichtert über den glücklichen Ausgang und als Helmkator als Gastgeber einen der Jäger aufforderte, den saftigen Braten anzuschneiden, ließen sie sich alle das köstliche und sehr späte Abendessen schmecken.

†

Nach dem Essen spendete der Zwerg zur Feier des Tages sein letztes Fässchen Bier; woraufhin ihn Quell unwiderruflich zum Ehrenbürger des Ostwald-Clans ernannte. Die Freunde waren begeistert und fingen sofort an den Zwerg zu überreden ins Dorf zu ziehen. „Macht mal langsam Kinder, im Moment haben wir andere Sorgen. Aber ich glaube, ich werde demnächst bei euch einkaufen müssen, diese Leute fressen einem ja die Haare vom Kopf.", lachte er laut.

„Dann bist du herzlich zum Einkaufsbummel auf unsere Kosten eingeladen!", versicherte Quell kauend. „Ich werde alle im Dorf informieren. Nicht das es zu unglücklichen Verwechslungen kommt, oder so. Der Metzger und der Bäcker freuen sich über jeden neuen Kunden, das kann ich dir versichern und für Ehrenbürger wie dich ist bei weiterer Einkäufen bestimmt ein Sonderrabatt drin. Der Schneider wird vielleicht ein wenig Schwierigkeiten mit deinen Maßen haben, aber er ist geschickt und bekommt bestimmt eine hübsche kleine Tracht für dich hin…Nein, Drainar, du brauchst gar nicht so empört zu gucke. Ich bin der Chef! Und ich habe gesprochen!"

Dumpfe Schritte näherten sich aus östlicher Richtung. Alle hoben gespannt die Köpfe. Wer mochte denn jetzt noch zu ihnen stoßen?
Bäume knackten. Die Erde vibrierte leicht. Die Schritte kamen näher, verharrten dann aber. Lokrums mittlerer Kopf schob

sich langsam zwischen den Bäumen und Büschen hindurch und beäugte die Versammlung fast schüchtern. „Darf ich?", fragte er flehendlich. „Mir ist so furchtbar langweilig da unten."

Die Trolle warfen sich fragende Blicke zu, die alle bei der Familie Gneis hängen blieben. Herr Gneis legte seiner Frau schützend den Arm um die Schultern doch diese schüttelte den Kopf und erhob sich. „Ja, bitte komm zu uns. Ich glaube dir dass du Onnis nichts zu leide getan hast. Wir werden herausfinden, ob es weitere deiner Art gibt, die vielleicht ebenfalls an unserer Vereinbarung teilnehmen wollen oder ob das Verschwinden unseres Sohnes andere Ursachen hat. Du sollst jedoch nicht für eine Sache büßen die du nicht getan hast. Hier, komm zu uns ans Feuer."

Die Trolle rutschten noch weiter zusammen und räumten einen Platz neben Frau Gneis frei, auf dem sich Lokrum mit einer tiefen Verbeugung niederließ.

„Wenn du magst, es wäre noch etwas Hirschbraten da.", fügte Helmkator schmunzelnd hinzu.

Phase 7

„Das ist jetzt nicht dein Ernst, Lissa.", protestierte Thimor, als seine Schwester ihm ihr Hydra-Anlock-Plakat präsentierte.
„Wieso? Es ist doch hübsch klar und deutlich! Lokrum sagte, dass Hydren nicht lesen können, aber sich exzellent auf Rätselauflösen verstehen." Sie betrachtete ihr Bild eingehend.
„Also, ich verstehe es!", brummte Orf widerwillig.
Lissa und Kvin grinsten breit.
Thimor seufzte theatralisch. „Wie viele hast du davon?"
„Für jeden Ort auf Opas Liste eines. Wir müssen sie nur noch verteilen."

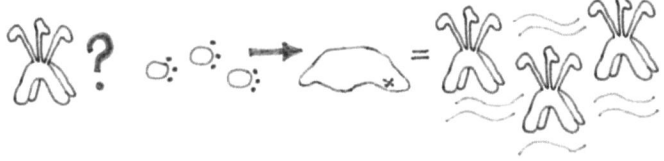

Phase 8: EPILOG

Die Ferien neigten sich dem Ende zu. Lissa, Thimor, Allun, Orf und Kvin hatten für die nächsten Tage einen kleinen Freundschaftsbesuch geplant. Schwer beladen machten sie sich auf den Weg zum Blauen See. Die Sonne strahlte vom wolkenlosen Himmel. Es versprach ein wunderschöner Tag zu werden. Sie hatten ihre Schwimmsachen eingepackt und beabsichtigten mehr als nur ihren großen Zeh ins kalte Wasser zu halten.

Der Weg führte sie am Rand des Ostwaldes entlang gen Westen. Da sie es nicht eilig hatten trabten die Jungen lässig dahin, während Lissa die Sonnenbeersträucher am Wegesrand plünderte und die Ausbeute in ihrem Rucksack verstaute. Der Rucksack war nicht mehr rosa sondern schwarz mit tollen roten Bändern um ihn zu verschließen. Sie hatte ihn von Hennen zum dreizehnten Geburtstag bekommen.
Eigentlich hätte der junge Troll ebenfalls mitkommen sollen, doch seine Eltern hatten die letzten Ferientage dazu genutzt Verwandte zu besuchen und Hennen musste mit. Das war allerdings nicht schlimm, in diesen Sommerferien waren sie fast jede zweite Woche am Blauen See gewesen.

Dieses Jahr war ein tolles Jahr für Lissa. Thimor und sie kamen bestens miteinander aus. Sie behandelten einander mit neuem Respekt, was ihr tägliches Leben extrem vereinfachte. Orf war überraschend freundlich zu ihr, ebenso zu den restlichen Freunden. Er wirkte irgendwie erwachsener als im letzten Jahr. Kvin und Allun hatten im Frühjahr eine Ausbildung begonnen. Kvin wollte Schmied werden und Allun ging beim Müller in die Lehre. Thimor ging noch zur Schule, genau wie Lissa. Er hatte sehr gute Noten und der Schulmeister überlegte ob er ihn nach Maknova schicken sollte; dann könnte er später die

Schule übernehmen. Der Schulmeister war schon etwas älter und brauchte dringend Hilfe. Wenn Thimor seine täglichen Studien beendet hatte, durfte er bereits die Kleinsten unterrichten und fand viel Spaß daran.

Der Ältestenrat zögerte noch mit seiner Entscheidung. Einen Troll zum Studium nach Maknova zu schicken, das hatte es noch nie gegeben. Der Schulmeister meinte allerdings, dass sich die Zeiten ändern würden und es nicht mehr ausreichte, den kleinen Trollen Lesen und Schreiben beizubringen. Außerdem stand nirgendwo geschrieben, dass in Maknova nur Menschen, Zwerge und Elfen studieren durften. Helmkator hatte sich bereit erklärt nach Xaxemm zu gehen und dort postlagernd die Kursbücher der führenden Universitäten anzufordern. Im nächsten Monat würden sie eintreffen und dann würde sich entscheiden, ob der Ostwald-Clan den allerersten aller Trolle bekam, der studierte.

Eines stand außer Frage: Thimor war gescheit und die Gescheiten mussten gehen. Sie mussten ihren Beruf außerhalb der Trollgemeinschaft erlernen, so war das Gesetz. Auch Kvin und Allun hätten eigentlich gehen sollen, doch Kvin hatte „Nein." gesagt und Allun war einfach geblieben. Bis jetzt hatte noch niemand widersprochen. Lissa fiel auf, dass, wenn einer nicht gehen wollte, er auch nicht gezwungen wurde.

†

Zur zehnten Stunde erreichten sie das Ufer des Sees. Die Wasseroberfläche kräuselte sich leicht im Wind und brachte das Schilf leise zum Rascheln. Doch nein, die Wellen waren viel zu kraftlos um die langen dunkelgrünen Halme mit den weißen Wedeln derart in Schwingung zu bringen.
Die Fünf hielten an und beäugten argwöhnisch den dichten Schilfwald. Eine kleine blaue Nase schob sich durch die dicht stehenden Stängel und schnüffelte auffällig. Die Freunde sahen sich an und schmunzelten.

„Oh je!", klagte Lissa theatralisch. „Jetzt habe ich einen ganzen Beutel voller Sonnenbeeren um ihn Sinnis zu bringen, aber der Beutel ist viel zu schwer für mich! Ich glaube, ich muss sie alle alleine aufessen. Der Arme wird sehr enttäuscht sein, aber ich kann sie wirklich nicht mehr tragen." Die Jungen starrten sie entgeistert an, dann zwinkerte das Mädchen und sie verstanden.

Die blaue Nase schnüffelte hektischer. Rechts und links von ihr tauchten zwei weitere Nasen auf um ebenfalls Witterung aufzunehmen. Orf und Kvin wandten sich ab und hielten sich beide Hände vor den Mund. Nur ein leises „Pff" war zu hören. Lissa gestikulierte ihnen breit grinsend zu, leise zu sein. Sie schnallte den Rucksack ab, löste die Bänder und schaute hinein. „Mann sind das viele, das schafft Sinnis sowieso nicht alleine. Jungs, ich fürchte ihr müsst ebenfalls einige davon essen. Die Hälfte vielleicht?"

Aus dem Schilf erklang ein empörtes Schnaufen. Etwas strampelte wild, dann flitzte eine fünfzig Zentimeter große, blaue Hydra aus dem Uferbewuchs auf sie zu. „Ich helfe euch! Ich helfe euch!", riefen alle drei Köpfe gleichzeitig und vergaßen in ihrem Eifer zu bremsen. Mit einem lauten „Rumms" lief das kleine Wesen in Lissa hinein, prallte ab und landete auf seinem Hinterteil. Alle Köpfe schüttelten sich. Doch die Benommenheit hielt nicht lange an.

„Oh, hallo Sinnis. Was machst du denn hier? Welch ein Glück das wir dich treffen. Schau mal was ich dir mitgebracht habe." Lissa deutete auf ihren Rucksack. Das Wesen sprang auf seine Beinchen und versuchte sofort alle Köpfe gleichzeitig in den Rucksack zu stecken. Der mittlere bemerkte rechtzeitig, dass dies nicht gut gehen konnte und bremste ab. In ihrer Gier rasselte der linke mit dem rechten Kopf zusammen, der mittlere hingegen lachte die anderen beiden aus. Genießerisch nahm der mittlere Kopf eine Nase voll des süßen Geruchs und sah zu den Trollen auf.

„Hallo Lissa, schön dass ihr wieder da seid, gehen wir gleich schwimmen?" „Hast du die alle für mich mitgebracht?" „Bitte schwimmt mit mir; es ist so langweilig wenn Mama brütet." Die kleinen Beinchen trippelten aufgeregt, hin und her gerissen zwischen dem Drang im Wasser zu tollen und dem Drang sich über die süßen Früchte herzumachen.

„Ganz der Papa.", murmelte Thimor lachend hinter ihr. Lissa entknotete die beiden vorwitzigen Köpfe und gab jedem der drei eine handvoll der gelben Beeren. „Es ist wirklich erstaunlich wie sehr sich Geschmacksgewohnheiten ändern können!"
„Eine Hydra die Obst isst!", neckte Orf den Winzling.
Der mittlere Kopf erhob sich von den Beeren und nickte eifrig.
„Ja, Papa findet es gar nicht witzig dass Mama Vegetöterin ist."
„Vegetarierin!", korrigierte Thimor, ganz der Schulmeister.
„Papa sagt aber Vegetöterin zu ihr, weil sie doch die Vegetation tötet.", behauptete der Kleine.

Sein linker Kopf spähte zu dem restlichen Häufchen Beeren des mittleren hinüber, grinste verwegen und begann zu fressen.
Der mittlere Kopf sah es, knurrte und biss dem Beerendieb in den Nacken.
Sofort brach eine wilde Balgerei los. „Wirklich ganz der Papa!", seufzte Kvin. Er betrachtete das wütende Geschnappe und Geknurre eine Weile, dann hob er den kleinen Kerl hoch und klemmte ihn sich unter den Arm. „Los Sinnis, ab nach Hause, wir wollen deine Eltern begrüßen."

†

Sie folgten den Uferwindungen nach Süden. Dort, an einem der grünen, seichten Hänge schmiegte sich eine behagliche Holzhütte; ihre breite Veranda reichte bis an den See hinab. Eine schiefe Ebene sorgte dafür, dass den Wasserwesen das Wechseln der Elemente erleichtert wurde. Der Platz war hervorragend gewählt. Die Hütte umgaben zahlreiche Felder, eine Koppel mit Rindern und viele verschiedene Arten von Obstbäumen.

Das Anwesen war weit genug vom Dorf entfernt, dass man sich nicht gegenseitig störte und trotzdem fand der Zwerg Gesellschaft und Handelspartner, wann immer er danach suchte. Das einzige was er ein wenig vermisste waren die Zeitungen und Bücher aus Xaxemm, weshalb er sich trotz allem ein- oder zweimal im Jahr auf den Weg dahin machte und seine Bibliothek aufstockte. Allerdings hatte er bereits einen Deal mit Thimor getroffen: Sollte dieser tatsächlich nach Maknova gehen, so sollte et bei jeder Heimkehr einen Stapel Bücher mitbringen. Der Troll hatte dies gerne versprochen und vorgeschlagen auch einige Zeitungen zu sammeln.

Die Freunde blieben stehen und betrachteten die kleine Idylle, die der Zwerg im letzten Jahr für sich und die Hydren geschaffen hatte. Seine Höhle hatte er aufgegeben und war mit all seinen Sachen an den See gezogen. Natürlich hatten die Freunde geholfen, ebenso viele Erwachsene aus den umgebenen Dörfern. Alle waren froh, dass er geholfen hatte die Gefahr zu bannen.

Zuerst wurde die Hütte gebaut, dann das Nachtgatter für die Rinder. Helmkator hatte die Tiere gegen einige seiner Edelsteine eingetauscht und ließ sie tagsüber frei weiden. Wenn Lokrum Appetit bekam, konnte er sich eines von ihnen schnappen. Allerdings musste die Hydra ja nur alle zwanzig Jahre fressen, weshalb die Rinder ein munteres und entspanntes Leben führten und Helmkator mit Milch und Käse versorgten.

Anschließend legte der Zwerg die Äcker an: „Ein Mann muss etwas zu tun haben, damit er am Abend beruhigt schlafen gehen kann.", hatte er behauptet, die Freunde vermuteten aber eher eine Art Beschäftigungstherapie. Danach folgten die ersten Obstbäume. Und dann traf Hirse ein.

Die gelbe Hydra hatte eines von Lissas Schildern entziffert und war den unterirdischen Wasseradern bis zum blauen See gefolgt. Neugierig aber ein wenig schüchtern hatte sie ihr senfgelbes Haupt aus den Fluten erhoben und Lokrum damit einen vernichtenden Stich ins Herz versetzt. Zeigefingerlange Wimpern klimperten und die leuchtend rote Hydra schmolz dahin. Der Liebe auf den ersten Blick konnte noch nicht einmal der Fakt etwas anhaben, dass Hirse mit ihrer Mutter zusammenlebte und diese über leicht diktatorische Ansätze verfügte. Mutter und Tochter waren strikte Vegetarier, was Helmkator veranlasste weitere Obstbäume anzupflanzen. Hirse und „La Mamma", wie sie ihre Mutter mit leicht zwergischen Akzent nannte, wollten von Fleisch nichts wissen. Da ihrem Verdauungsprozess dadurch die Fette fehlten, waren sie gezwungen jeden Tag zu fressen. Der Zwerg war begeistert und begann sofort mit Landwirtschaft im großen Stil.

Nun waren es schon drei Hydren im blauen See.

Als Hirse im Herbst ihr erstes Ei ausbrütete, wagte sich eine weitere Gruppe aus ihrem Versteck hervor. Es war eine Familie, bestehend aus fünf Hydren, die in einer Höhle weit im Norden lebte. Sie trafen nachts ein, da es von dort oben keinen Wasserweg zum blauen See gab. Sie warteten ein wenig unbeholfen am Strand bis sich im See und in der Hütte erste Lebenszeichen bemerkbar machten. Schützend hatten sich die Eltern und der älteste Sohn vor die beiden Kleinsten gestellt, als Helmkator auf sie zukam und beschwichtigend die Hände hob. Kurz darauf traf auch Lokrum ein und begrüßte die Neuankömmlinge. Er zeigte ihnen die unterirdischen Höhlen, die sich am Boden des Sees erstreckten und sie waren begeistert.

Zwei Wochen später folgte eine ältere, weiße Hydra aus dem Westen. Lokrums Schwiegermutter hatte gleich ein Auge auf ihn geworfen, allerdings stellte sich der Herr als ziemlich eigenbrötlerisch heraus; er schwamm durch die Vorgärten seiner Nachbarn, grüßte nur gelegentlich und bekam auch sonst kaum die Zähne auseinander. „Nein, sie hat noch nicht aufgegeben!", betonte Lokrum mit einem hämischen Grinsen, bei einem Besuch der Freunde. „Sobald sie herausgefunden hat wie er heißt, ist er fällig fürchte ich."

Als Sinnis im Winter ausschlüpfte, waren es somit bereits zehn Hydren. Und nun war Nummer elf unterwegs.

Alle Hydren hatten trotz eingehender Befragung darauf bestanden nichts mit dem Verschwinden von Onnis Gneis zu tun zu haben. Und dann, mitten im Winter des vergangenen Jahres war er wieder aufgetaucht, zusammen mit dem Mädchen vom Felsenbach-Clan. Sie waren durchgebrannt und hatten weit im Norden eine eigene Hütte gebaut. Während des Winters zog es sie aber dann doch zurück an Mutters warmen Herd.

Der an den Geröllhalden verloren gegangene Junge tauchte ebenfalls wieder bei seinen Eltern auf. Dies berichtete der Leiter der Karawane bei seinem nächsten Besuch beim Ostwald-Clan. Der junge Mann hatte nicht damit gerechnet dass die Ausbildung zum Händler damit anfing sich um die Mentorus zu kümmern, inklusive Mistschaufeln. So tauchte er erst einmal heimlich ab. Mittlerweile ging er beim Dachdecker in die Lehre und war um einiges zufriedener.

†

Auf der Terrasse am See saß Helmkator der Zwerg in seinem Schaukelstuhl, neben ihm hatte es sich Lokrum gemütlich gemacht. Beide winkten den Freunden lachend zu, wobei das Gefuchtel von Lokrums großer Tatze, den Schaukelstuhl des Zwerges heftig zum Schaukeln brachte. Kvin trat mit dem schlafenden Sinnis auf dem Arm an die große Hydra heran. „Schau dir das an, alter Freund."

Lokrum warf einen Blick auf seinen Sohn und schmunzelte. Der linke blaue Kopf hat sich in Kvins Armbeuge zusammengerollt, der mittlere lag über dessen linker Schulter und schnarchte leise, während der rechte Kopf über Kvins rechter Schulter hing und die Zunge heraus baumeln ließ.

„Ein Bild für die Götter!", meinte Helmkator und begrüßte die Trolle herzlich. „Ich kann es kaum erwarten, dass Hirse den nächsten Racker ausbrütet." Er lachte schallend als er Lokrums zerknirschte Gesichter sah.

„Manchmal verfluche ich Lissas Idee mit den Schildern.", grummelte die rote Hydra.

„Oh, nun stell dich mal nicht so an, alter Grantler. Hirse und Sinnis sind wundervoll und euer Zweites wird ebenfalls gut geraten."

Lokrum hob abwehrend die Tatze. „Das meine ich doch nicht. Hirse und die Kleinen sind mein Ein und Alles; aber wer hat schon damit gerechnet, dass man nach all den Jahrhunderten endlich ein Weibchen findet und diese dann ausgerechnet mit ihrer Mutter zusammenwohnt. Ich sage euch, traut niemals einer lila Hydra mit fünf Köpfen."

Nun lachten alle. Auch Lokrum.

„Also ich mag Lila!", sagte Lissa.

„Nicht wenn es auf den Namen Swigmuttir hört. Da ist der Name Gesetz!", lachte Helmkator und wischte sich die Lachtränen aus den Augen. „Sie kam gestern zu mir und meinte, ich bräuchte dringend eine Frau. Es wäre nicht gut wenn ein Mann solange alleine lebt, wie ich. Ich bekam schon Angst, dass sie sich anbieten würde."

Lissa prustete los. „Aber irgendwie hat sie recht.", sagte er versonnen. „Ich glaube, ich werde eine Anzeige in der Maknova Gazette aufgeben: „Zwerg mit Landwirtschaft sucht tierliebe Gefährtin!"

ENDE

TATVERDÄCHTIGER

im Fall der verschwundenen Trollkinder

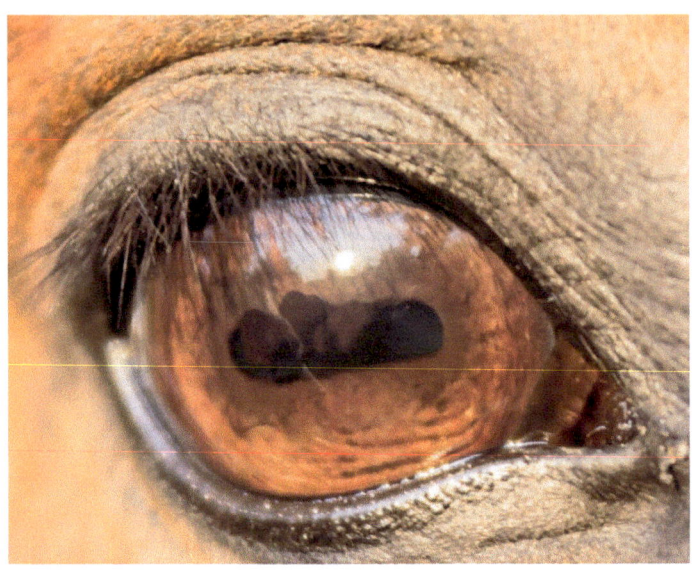

Sachdienliche Hinweise senden Sie bitte an die Redaktion der
Maknova Gazette

Stichwort: Quamtrem

INTERVIEW

mit den Augenzeugen Lissa und Hennen vom Ostwald-Clan

Mein Name lautet Milla Hammerstiel, Reporterin der Maknova Gazette [MG] und zuständig für den Bereich nördliche Gebirgsketten. Die Suche nach interessanten Berichten für die MG führt mich seit Jahren durch das Quamgebirge und die Wolkenberge. Zwar handeln die meisten „großen" Berichterstattungen von den Metropolen Vuswal und Miltum oder der Bergfestung Xaxemm. Aber auch die kleinsten Weiler haben ihre Geschichten und Geschichtchen.

Wer erinnert sich nicht an die Pelzhandelsstadt Kuszok und Hägar Bestiens atemberaubend spannende Suche nach dem geheimnisumwitterten Yetum?
Oder die Enthüllungsstory über den dreisten Goldraub in der Mine Maklang?
Nicht zu vergessen der Sonderbericht über das erste Hochzeitsfest im Holzfällerlager Tala und die Massenschlägerei um das Anrecht auf den ersten Tanz.

Dieser Landstrich sprudelt über vor Geschichten. Auf dem Quamtrem Plateau hingegen erwartete mich eine Geschichte der ganz anderen Art. Mehrheitlich von Trollen besiedelt, ergaben sich mir als Zwerg diverse Schwierigkeiten bei der Recherche. Nach einigem hin und her verwies man mich jedoch an den Ältestenrat des Ostwald-Clans, welchem ich den vorangegangenen, ausführlichen Bericht über die angeblichen Ereignisse verdankte.

Den anspruchsvollen Lesern der MG musste ich jedoch wesendlich mehr Hintergrundwissen liefern, als eine einfache

Auflistung der Ereignisse. Ich entschloss mich deshalb, mich mit einigen Beteiligten in Troll Käsigs Milchbar zu treffen.

Ich werde nie vergessen, wie mich der vier Meter große Besitzer der Milchbar anstarrte als ich sein Etablissement betrat. Ich persönlich fand es etwas unter meiner Würde mich von ihm auf die Sitzbank heben zu lassen, aber die Einrichtung hatte selbstverständlich Trollmaßstäbe und war dementsprechend groß geraten. Nach dem uns Troll Käsig drei wunderbar sahnige Sonnenbeershakes serviert und sich hinter seinen Tresen zurückgezogen hatte, begann unser Interview…

„Lissa, Hennen. Ich freue mich sehr euch kennen zu lernen. Ratsmitglied Quell teilte mir mit, dass ihr diese schier unglaubliche Geschichte vom Monster auf dem Quamtrem bestätigen könnt." Die Hand der Zwergin klopfte selbstbewusst auf einen Stapel Dokumente, die zweifellos, die genaue Wiedergabe ihres Abenteuers darstellten. „Leider konnte ich diese Aufzeichnungen bisher nur flüchtig überfliegen, muss jedoch zugeben, dass da wohl einiges an den Haaren herbeigezogen wurde. Nun aber habe ich mit euch beiden die Hauptakteure hier bei mir und kann euch ein wenig auf den Zahn fühlen." Sie lachte ein wenig schrill über ihren eigenen Witz. Lissa und Hennen warfen sich ungläubige Blicke zu.
„Da gibt es nichts auf den Zahn zu fühlen.", versicherte Hennen ernsthaft. „Wir haben alles so zu Protokoll gegeben, wie es sich ereignet hat. Ich für meinen Teil muss zugeben nur eine Nebenrolle gespielt zu haben, schließlich stand ich den Großteil des Abenteuers unter fremden Einfluss. Außerdem scheinen sie überlesen zu haben, dass neben Lissa auch Kvin, Allun, Thimor und Orf maßgeblich an der Auflösung des Falles beteiligt waren."

Die Zwergin wischte Hennens Worte mit einer Handbewegung bei Seite. „Ja es ist sehr einfach sich eine spannende Geschichte auszudenken und anschließend zu behaupten, man sei nicht man selbst gewesen. Leider geschieht das sehr häufig.

Die Leute stellen sich als toll dar und sobald jemand kommt, um der Angelegenheit nachzugehen, sind auf einmal alle anderen Schuld." Milla kicherte. „Du meinst also die Maknova Gazette sollte die ganze Sache besser vergessen, weil alles nur ein Scherz war, den ihr den Erwachsenen gespielt habt, ja?" Als die beiden jungen Trolle ohne ein Wort und mit fassungslosen Gesichtern auf sie herab starrten, fuhr sie fort. „Ihr könnt es ruhig zugeben. Ich werde es auch nicht weitererzählen. Ein Wort von euch und ich danke dem Dorfrat herzlich für seine Mithilfe und mache mich wieder auf den Weg."

„Das hat Hennen weder gesagt noch gemeint!" Lissa, eine hübsche braunhaarige Troll mit blendendweißen Hauern und leuchtend grünen Augen, zog die Stirn kraus. „Wenn Sie die Unterlagen genauer studieren, werden sie feststellen, das meine Verwandten Allun und Thimor und ihre Freunde Kvin und Orf sich zuerst auf die Suche nach den verschwundenen Kindern begeben haben. Ich kam kurz darauf hinzu und war an allen weiteren Handlungen beteiligt. Hennen stieß leider erst nach der Aufklärung der Angelegenheit zu uns."
„Hm … ihr besteht also darauf, dass an dieser Geschichte etwas dran ist.", die Zwergin wirkte merkwürdig unzufrieden. „Nun gut! Dann erzählt mir mal von eurem Monster." Ein leichter Schauder ließ die Frau erzittern.
„Also das mit dem ‚Monster' ist ziemlich weit hergeholt. Vielleicht sollten sie uns berichten wie weit Sie den Bericht bereits gelesen haben, damit wir ihnen nicht alles doppelt erklären müssen."

Milla hob die Augenbrauen und übergibt den guten Rat: „Immerhin sind einige Trolle ums Leben gekommen. Nicht zu vergessen, dass einige von euch monatelang unter den Einfluss dieser Bestie gelitten haben sollen." Sie warf Hennen einen salbungsvollen Blick zu, ganz als erwartete sie von ihm als Opfer der Untaten bedingungslose Unterstützung. „Da finde ich den Begriff ‚Monster' durchaus angebracht. Außerdem muss man den Lesern der Maknova Gazette schon eine interessante Überschrift bieten. Diese Gegend kennt kaum jemand, wenn dann noch alles auf ‚Idylle mit Sommerwiese' hindeutet, liest das doch niemand."

Hennen seufzte. Die Erinnerung an die Vorfälle fiel ihm immer noch schwer. „Das was sie da als Monster bezeichnen, ist eine Hydra. Sie lebte seit Jahrhunderten isoliert in einem unterirdischen Höhlen- und Flusssystem. Sie wusste nicht, dass sie etwas Falsches tat. Schließlich musste sie ja irgendwie überleben. Genauso gut könnte man einen Wolf vor den Ältestenrat schleifen, weil er einen Hirsch gerissen hat."
Die Zwergin warf dem großen Troll einen mitleidigen Blick zu. „Du Armer. Dir haben sie ja ganz schön im Kopf herum gewurschtelt. Nach so einer Tortur auch noch Mitleid für den Täter empfinden zu müssen, muss schrecklich sein. Wenn das was ich gelesen habe den Tatsachen entspricht, wovon ich immer noch nicht überzeugt bin…" Sie warf einen anklagenden Blick auf Lissa. „…dann ist das Ganze noch viel verwerflicher als ich bisher dachte. Ich kann einfach nicht verstehen, warum der Ältestenrat nicht längst eine große Treibjagd auf das Biest veranstaltet hat."

Lissas Unterkiefer schob sich empört vor. „Sehr geehrte Frau Hammerstiel, sie waren nicht am Ort des Geschehens dabei. Außerdem weigern sie sich anscheinend hartnäckig sich das Protokoll des Ältestenrats vollständig durchzulesen. Ich glaube deshalb kaum, dass sie sich ein Urteil über die Ereignisse erlauben können." Die Reporterin schnappte hörbar nach Luft. Der Troll Käsig stand hinter seinem Tresen und polierte breit grinsend einige Gläser. Er wusste genau was anderen Personen passierte, wenn Lissa förmlich wurde. Aber das Mädchen war noch nicht fertig. „Dieses Monster, wie sie es nennen, heißt Lokrum…"

Das war zu viel für die Zwergin. Sie sprang auf und wütete. „Willst du damit sagen, dass dieser ‚Bericht' eures Ältestenrats korrekt ist? Dieses Ding gibt es wirklich? Und es streift immer noch irgendwo umher?"

Lissa und Hennen nickten.

Hastig blickte sich Milla um, als könnte sich eine ausgewachsene Hydra in einem von Käsigs Blumentöpfen verstecken.

„Wie gesagt,...", begann Lissa auf ein Neues, mit mühsam aufrechterhaltener Geduld. „Lokrum und seine Familie sind unsere Freunde..."

„Er hat eine Familie? Es gibt mehrere Monster und sie vermehren sich auch noch?", brüllte die Zwergin.

„Bitte beruhigen sie sich doch.", bat Hennen und hob beschwichtigend die Hände.

„Ihr seid ja alle wahnsinnig!"

„Wenn sie mich nicht ständig unterbrechen würden, könnte ich ihnen erklären, dass die Taten unserer Hydren weder aus Böswilligkeit, noch aus Mordlust passierten. Sie litten Hunger und hatten Angst an der Oberfläche des Plateaus zu jagen."

Milla schnaubte und kletterte mühsam wieder auf ihre Bank. Da kein direkter Hydraangriff in Aussicht stand, versuchte sie sich wieder in den Griff zu bekommen. Lissas letzte Bemerkung bot ein Ventil für ihre Angespanntheit. „Als ob das einen Unterschied machen würde.", schnappte sie.

„Es macht einen Riesenunterschied!", meinte Hennen wütend.

„Genau!", bestätigte Lissa. „Kaum einer von uns würde einem mordlustigen Massenmörder glauben, wenn er plötzlich Besserung geloben würde. Den Hydren hingegen konnten wir Alternativen anbieten, die diese auch dankend angenommen haben. Deshalb können wir fortan friedlich nebeneinander existieren und keiner von uns muss mehr Angst haben."

Der Reporterin stand der Mund offen. Sie schluckte mühsam und fragte: „Du glaubst wirklich, was du da sagst, oder?"

„Selbstverständlich!"

Milla schüttelte ungläubig den Kopf. Mit leiser, sanfter Stimme fuhr sie fort: „Liebe Kinder, ich weiß aus Erfahrung: ein Macon lässt das Mausern nicht. Diese Biester müssen unschädlich gemacht werden. Es könnten weitere Kinder zu schaden kommen. Sie könnten mit ihren Gedanken den Ältestenrat übernehmen und alles Mögliche anrichten, vielleicht sogar einen Krieg vom Zaun brechen." Aufgeregt fächelte sie sich Luft zu. „Wenn ihr dazu nicht in der Lage seid euch selbst zu retten, weil ihr vielleicht noch zu sehr unter ihrem Einfluss steht, dann muss es jemand anderes für euch tun. Ich kann das machen! Ich werde umgehend nach Maknova zurückkehren und einen Großwildjäger engagieren, der die Biester ein für alle mal erledigt. Dann sind endlich alle in Sicherheit."

Hennen blieb der Mund offen stehen. „Wie können sie so etwas nur sagen? Die Hydren sind genauso fühlende Wesen wie Sie und ich."

Millas Blick troff vor Mitleid. Lissa konnte in den Augen der Zwergin lesen, dass sich ihre anfängliche Skepsis und das Desinteresse an der Geschichte in der Zwischenzeit in echte Sorge gewandelt hatten. Diese Frau hatte Angst. Wahrscheinlich in erster Linie um ihr eigenes Leben, aber sie sorgte sich auch um die Sicherheit der Trollgemeinschaften auf dem Quamtrem. Sie war fest davon überzeugt, dass die Hydren böse waren. Das Mädchen trank ihren letzten Schluck Sonnenbeermilch, wischte sich den Milchbart ab und erhob sich. Die Reporterin sah überrascht zu ihr auf.

„Nun,…", sagte das Mädchen. „ich schlage vor, dass wir ihre Reportage mit einigen Fakten würzen. Ohne Fakten wird ihnen die Geschichte niemand glauben, also ändern wir das. Mein Großvater sagte mir, dass sie einige der Schauplätze unserer Abenteuer sehen wollen?"

Milla nickte und rutschte von ihrer Bank herunter, angenehm überrascht, dass zumindest Lissa endlich zur Vernunft gekommen war. Hennens entsetzter Gesichtsausdruck entging ihr.

Sie bedankten sich bei Herrn Käsig, traten auf die Dorfstrasse und wandten sich nach Südwesten. Hennen warf Lissa hinter

Millas Rücken einen verständnislosen Blick zu, doch sie hob nur beschwichtigend die Hand.

Sie brauchten fast drei Stunden, da die Trolle sich der Geschwindigkeit der Zwergin anpassen mussten. Der Ostwald, der rund um das Dorf allgegenwärtig war, wich zurück und hinterließ nur vereinzelte Baumgruppen. Milla sah sich interessiert um und ihre Augen trafen bald auf junge Obstbäume und neu aufgeworfene Ackerflächen. „Ist das bereits das nächste Dorf?", erkundigte sie sich bei Lissa. Diese schüttelte den Kopf. „Hier lebt ein Landsmann von dir, der dir einiges über die Hydren erzählen kann."

„Ein Zwerg?", fragte die Reporterin ungläubig. „Hier oben? Auf dem Plateau? Unter all den Trollen? Was sagt denn der Ältestenrat dazu?"
„Sie scheint den Bericht der Ältesten wirklich nicht genau studiert zu haben.", flüsterte Hennen Lissa zu. „Vielleicht haben die Hydren sie zu sehr abgelenkt.", flüsterte Lissa zurück. Der Junge kicherte leise.
„Wieso lachst du? War die Frage so komisch?"
„Eigentlich schon, denn der Ältestenrat hat ihn zum Ehrenbürger vom Ostwald-Clan ernannt. Kato gehört zu unseren besten Freunden. Uns ist egal das er ein Zwerg ist."
Nachdenklich sah die Zwergin zu den beiden Trollen auf. „Ihr seid sehr ungewöhnliche Kinder."

Der Weg führte sie an einigen dichten Büschen vorbei, die dort wo der Boden sumpfiger wurde in Schilf übergingen. Gelegentlich schimmerten im Hintergrund bereits die ersten Ausläufer des blauen Sees. In den Büschen direkt neben dem Pfad raschelte es leise. Die Reporterin schenkte dem Geräusch jedoch keine Beachtung. In Gedanken versunken ging sie weiter auf die Felder zu.

Das Rascheln wurde lauter und Lissa musste sich bereits ein Grinsen verkneifen. Der Kleine hatte echt einen Hang zur Dramatik. Wie Milla das wohl aufnehmen würde?

Das Gesträuch teilte sich und Sinnis, die fünfzig Zentimeter große Hydra sprang daraus hervor. Aus allen drei Mäulern lauthals brüllend fegte der Kleine um ihre Beine. „LIIIIIISSAAAAA!!!", schrie er und hüpfte dabei auf und ab, damit sie ihn endlich auf den Arm nahm und gebührend begrüßte.

Milla sprang vor Schreck und Überraschung hoch in die Luft. Noch bevor ihre Füßen den Boden wieder berührten, fing sie ebenfalls an zu schreien: „Falle! Hinterhalt! Rettet mich vor diesen Ungeheuern! Zu Hilfe! Rettet mich!!" Wie ein geölter Blitz ging sie hinter Hennen in Deckung, möglichst weit entfernt von Lissa und Sinnis.

Die kleine Hydra hatte ihr Geschrei mittlerweile eingestellt und das Trollmädchen hatte ihn auf den Arm genommen. Drei fassungslos staunende Hydraköpfe starrten nun mit offenen Mäulern auf die zitternde Zwergin hinab, die sich hinter Hennen zusammenkauerte.

„Warum schreit die Frau so?", erkundigte sich der mittlere Kopf bei Lissa.

„Sie hat Angst vor dir."

„Vor mir?" Zwei der Köpfe kicherten, der dritte war nicht ganz so schnell von Begriff und starrte immer noch.

„Das ist nicht witzig, Sinnis! Angst zu haben ist nicht schön."

„Aber...aber ich bin doch noch ein Baby." Sein Grinsen wandelte sich in Erstaunen.

„Angst ist nicht immer rational. Darf ich dich an die Situation mit dem Wolf erinnern?"

„Ich konnte doch nicht wissen, dass das Dorfmuseum einen ausgestopften hat. Er hat total echt ausgesehen.", schmollte der rechte Kopf. Er hatte beim Zusammentreffen mit der Jagdtrophäe besonders laut geschrien.

„Stimmt, und Milla kann nicht wissen, dass du ihr nichts tust."

Die Zwergin richtete sich ein wenig auf und starrte zu der kleinen Hydra hoch.

„Hallo Milla!", Sinnis winkte mit eine Tatze. „Ich bin ganz lieb, wirklich."

„Hallo!", presste Milla hervor, blieb aber vorsichtshalber hinter Hennens Beinen verborgen.

Der Boden wackelte. Von den Feldern her näherten sich eilige Schritte. Milla fing wieder an zu schreien, als sie sah, wer sich da näherte. Ein Zwerg gefolgt von einer leuchtend roten und einer senfgelben Hydra rannten auf sie zu. „Hilfe! Ungeheuer! Zu Hilfe!"

„Wo? Wo sind sie? Ich schnapp sie mir!", fragte eine atemlose rote Hydra und schwenkte alle drei Köpfe in verschiedene Richtungen, um die Lage zu sondieren.

„Was ist passiert um Himmelswillen? Wer hat euch angegriffen? Wölfe? Bären? Rocks?", fragte der Zwerg dazwischen und schwang angriffslustig seine Axt.

Die senfgelbe Hydra drückte sich eng an Lissa, die immer noch den kleinen Sinnis auf dem Arm hielt. „Geht es euch gut? Hat man euch etwas getan? Sinnis! Lissa! Hennen! Antwortet doch. Seid ihr verletzt" Ihre drei Köpfe umschwirrten die Kinder, um nach möglichen Wunden Ausschau zu halten und stießen dabei auf eine überraschte Zwergin.

„Öhm…!", machte Hennen, während hinter ihm eine bewusstlose Milla zu Boden sank. „Das ist eine längere Geschichte."

†

Am nächsten Tag reiste eine zutiefst verwirrte Milla Hammerstiel zurück nach Maknova. Bei ihrer Ankunft bei der Maknova Gazette bat sie umgehend um eine Versetzung in den Innendienst.

Bereits erschienen:

Maknova Gazette
-Sonderausgabe-

ISBN 9 783749 468447

Mehr Informationen zu Maldoron, den Büchern und
Charakteren erhaltet ihr auf www.maldoron.de

Wie freuen uns auf euren Besuch!